鴻儒堂的日本語工具書・HJT Press Japaness Textbook Series

日本語能力測驗1級對應

上級聽解

日本語測驗

STEP UP

進階問題集

自我評量法

內附 CD

Self-graded
Japanese Language Test
Progressive Exericises
Listening Comprehension
Advanced Level

step up

星野惠子・辻 和子・村澤慶昭 著

鴻儒堂出版社

前言

　　在準備「日本語能力測驗」的過程中,《文字‧語彙》與《讀解‧文法》已經夠辛苦了,而《聽解》更是令人感到難以應付。我們常聽到學習者反應,在日常會話中聽力並未覺得有何不足,但一旦到了試場卻對《聽解》備感不安。的確如此,在《聽解》考試中,每個問題只播音一次,稍一失神便可能找不到答案,而越怕失去注意力,反而導致更加緊張,以致無法發揮實力了。

　　要克服對《聽解》的不安與恐懼,唯有多做題目一途了。多聽 CD 或卡帶,練習解題,除了使你習慣於聽解,提昇聽力之外,更使你在精神上較為充裕、更加自信,而本書可幫你多聽多做,增強自信,培養你及格所需具備的實力。

　　本教材的編製承蒙山川正子多方協助,特此致謝。

本書的特色

① 豐富的 1 級聽解題目

　　在本書的 CD 中備有 55 題與「日本語能力測驗」1 級程度相當的題目,和正式考試相同,分為有圖的和沒有圖的題目,題目的題型也相同,所以只要你好好研讀,必能熟悉考試。

② 階段式學習,逐級而上

　　除【實力評定測驗】與【模擬考試】外的 35 題係分為 7 個階段編寫,方便你訂定學習計劃,增加學習效率。

③ 自我評分檢驗目前實力

　　各階段均附有解答與文字對白,可馬上核對答案,從成績欄（P‧20）顯示的%亦可檢驗你目前的實力,同時找出自己的弱點。

④ 活用填空與解說

　　各階段亦附有《填空》,【實力評定測驗】【模擬考試】與第 4~7 階段的問題附有解說,而《填空》和解說能提供解題的關鍵和提示。

2000 年 9 月

編者啟

目　　　録

【實力評定測驗】

【提昇聽力的七階段】

【模擬測験】

本書的使用方法

本書的構成

本書由以下各部構成

1 【實力評定測驗】

有圖的和沒有圖的各 5 題，各題附有《解題要點》和《文字對白》。

2 【提昇聽力的 7 階段】

第 1~3 節爲有圖題目，第 4~7 節爲無圖問題，各節都有 5 個題目，每題都附有《填空》。內容如下：

第 1 節 《形體與外觀》

第 2 節 《位置‧地圖‧順序》

第 3 節 《圖形‧圖表》

第 4 節 《什麼‧哪個‧誰》

第 5 節 《何時‧多少錢‧爲何》

第 6 節 《如何‧何種》

第 7 節 《演說》

3 【模擬考試】

有圖和沒有圖的各 5 題和【實力評定測驗】一樣，各題均附有《解題要點》和《文字對白》。

學習方法

首先，請先利用【實力評定測驗】評量目前實力，接著再將本書【提昇聽力的 7 階段】充分研讀，最後再利用【模擬考試】確認自己的實力。「日本語能力測驗」1 級的及格標準是 70%，請你將目標提高至 80%，若未達目標，則請再回頭至階段 1，重聽問題再做填空。

此外，本書所附的 CD 是將 55 題連續錄音，當你聽完一題時，請先按暫停後作答，再接著聽下一題，在各個題目後面題問會有兩遍，但在《文字對白》中則將第二次提問省略。

解說與填空的使用法

《解題要點》係由【關鍵點】【關鍵句】與【語句‧表現】構成。當你答錯或無法確認時，請看解說。

【關鍵點】是指將正確答案之條件明示。

【關鍵句】是將要點說出之句子提出並說明。

【語句‧表現】是將稍難的單字和需背誦之重要表現提出說明。

【提昇聽力的 7 階段】中的《填空》有以下 2 種：

1　表列的：有圖題目（階段 1~3）

　　在 4 個圖中，哪個符合正確答案的條件？用表加以整理，在表裡寫上條件，此即提供你答題的線索。

2　填空的：無圖題目（階段 4~7）

　　邊聽 CD 邊將對白中空白的部分填寫，空白欄位裡就有正確答案的關鍵，若有不易聽懂得單字，則請暫停，反覆聽數遍，這對聽力是一種很好的訓練。

聽力秘訣

1　集中精神聽

不要心有旁鶩，將 CD 的聲音 100%聽進去。

2　作筆記

不用日語也可以，聽到重要的立即用筆記下來。

3　當作正式考試般來解題

不管是哪一部份之問題，一開始絕不可看《文字對白》，也不要看《填空》，每一題均當作正式考試來作答。

問題 I

1番 Track 2 解答 □

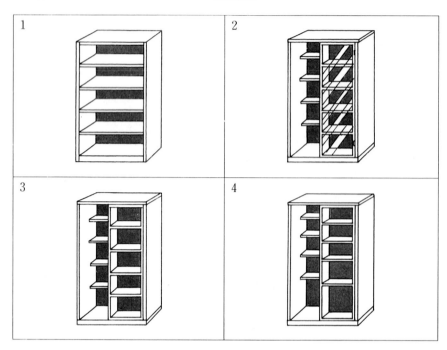

2番 Track 3 解答 □

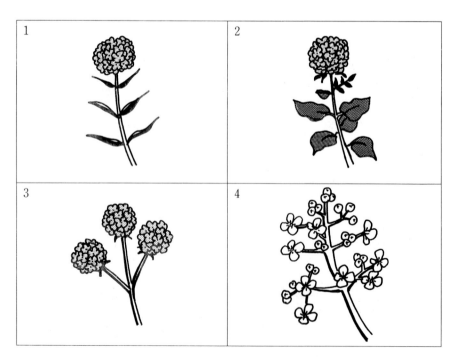

3番  Track 4 　解答 ☐

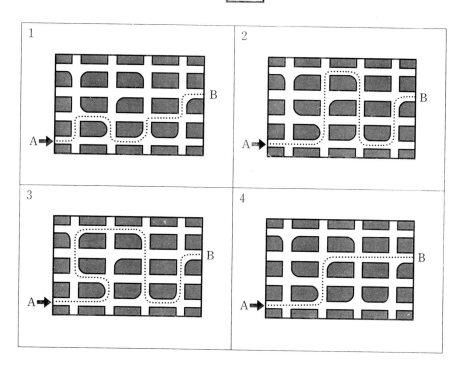

4番 Track 5 　解答 ☐

5 番 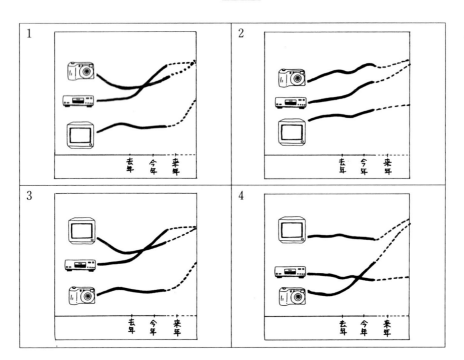 Track 　6　　解答 ☐

問題II （絵のない問題）

1 番  Track 　7　　解答 ☐

2 番  Track 　8　　解答 ☐

3 番 Track 　9　　解答 ☐

4 番 Track 　10　　解答 ☐

5 番 Track 　11　　解答 ☐

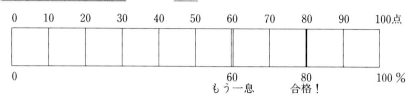

実力判定テスト　解説

問題Ⅰ

1番《解答のポイント》

【キーポイント】

①二重になっている　②ガラス戸がない　③棚の間隔が同じ

【キーセンテンス】男の人が勧める本棚を示す文

①本棚が前と後ろと二重になっている＝1つの本棚の後ろにもう1つの本棚がある

②いや、ガラス戸があると、かえって本を出し入れするのに手間がかかりますよ。

　＝ガラス戸はないほうがいい。

③この本棚のように、本のサイズに合わせて棚の間隔が違っているのがありますが、これもお勧めできません

　ね。＝本棚の棚は同じ間隔のほうがいい。　「お勧めできません」＝あまりよくありません。

1番《スクリプト》

男の人はどんな本棚がいいと言っていますか。

女：本が増えて整理に困っているんですが、いい本棚はないでしょうか。

男：そうですね。これなんかいかがですか。本棚が前と後ろと二重になっているので、たくさん入りますし、前

　　の棚が横に動くので、奥に入っている本も楽に取り出せますよ。

女：いいですね。これで、ガラス戸がついていると、ほこりが入らなくていいんですが。

男：いや、ガラス戸があると、かえって本を出し入れするのに手間がかかりますよ。

女：それもそうですね。

男：それから、この本棚のように、本のサイズに合わせて棚の間隔が違っているのがありますが、これもお勧め

　　できませんね。本はサイズよりも内容で分けておくほうが、探すときにも便利ですからね。

2番《解答のポイント》

【キーポイント】

①小さい花の集まり　②花が大きくて立派に見える　③葉がまだ出ていない

【キーセンテンス】花の特徴を示す文

①1つ1つの花が小さい花の集まりでできているんですね。＝1つの花が咲いているように見えるが、実際は小

さい花がたくさん集まって咲いている。

②花が咲き終わらないと出てこない＝葉は、花が咲き終わってから出てくるため、まだ出ていない

③ええ、それもこの植物の特徴なんです。＝小さい花が集まって大きい花のように見えることと、花が咲いているときは葉がまだないことが、この花の特徴だ。

2番《スクリプト》

2人が今見ているのは、どれですか。

女：これ、きれいですね。あ、よく見ると1つ1つの花が小さい花の集まりでできているんですね。

男：そう。ま、こういう花は別に珍しくないんですが、ちょっと離れると、花が大きくて立派に見えますね。

女：ええ、華やかで見事ですね。でも、葉っぱは？

男：葉っぱは花と対照的で、細長くて、スーッとしているんですよ。

女：花が咲き終わらないと出てこないんですか。

男：ええ、それもこの植物の特徴なんです。

3番《解答のポイント》

【キーポイント】この町の交通の規則	まっすぐ進む	曲がる
①四つ角	○	×
②曲がり角の1つがまるくなっている所	×	○
③四つ角にまるい角が2つ以上あるとき	×	○

3番《スクリプト》

正しいコースはどれですか。

この町の道は、四つ角でまっすぐ進むことはできますが、曲がることはできません。しかし、曲がり角の1つがまるくなっている所では、そのまるい角に沿って曲がらなければなりません。ただし、四つ角にまるい角が2つ以上あるときは、そのどちらの方向にも曲がれます。さて、今、Aの所から車が入って、Bの所まで行こうとしています。この車はBまで、どのコースを通って行ったらいいでしょうか。

4番《解答のポイント》

【キーポイント】

①10時　　　赤木さんが来る

②11時過ぎ　歯医者へ行く

③3時　　　会議に出る

【キーセンテンス】男の人のスケジュールを示す文

①今日の会議は遅れるわけにはいかないな。＝会議に遅れることはできない。午後に歯医者に行く場合は2時以後になるから、3時までに帰れない場合を考えると、午前中に行くほうがいい。

②話を切り上げることにしよう。＝話を終わらせることにしよう。

4番《スクリプト》

男の人は、どの順番でしますか。

男：今日は午後会議だね。

女：ええ、3時からの予定です。

男：それじゃ、午前中に歯医者へ行こう。

女：あ、あの、ＮＪ電気の赤木さんが10時にいらっしゃることになっていますが。

男：そうそう、忘れるところだった。しかし昼前には話がすむだろうから、昼食のあと、歯医者に行くか。

女：12時から2時は、歯医者さんも昼休みだと思いますが。

男：そうか。じゃあ、もう少し遅く行くか。いや、今日の会議は遅れるわけにはいかないな。赤木君には悪いが、11時になったら話を切り上げることにしよう。

5番《解答のポイント》

【キーポイント】

①カメラ……一昨年から右肩上がり。ビデオを追い越しそうだ。

②テレビ……伸び悩んでいる。来年から上がりそうだ。

③ビデオ……昨年売り上げが伸びた。

【キーセンテンス】売れ行きを示す文

①右肩上がりの伸びを見せています。＝どんどん上がっている。

②伸び悩んでいます＝（上がったほうがいいのに）あまり上がらない

③大幅に伸びました＝非常に増えた、上がった

④一段落＝動きが止まること

⑤カメラの伸びに逆転される＝カメラが（ビデオを）追い越す

5番《スクリプト》

店長が話しています。この店の売れ行きを示すグラフはどれですか。

　この数年間の当店の売り上げは全体として伸びておりますが、個々の商品については、お客様のニーズの変化に応じる形でそれぞれ変動しています。まずカメラですが、一時売り上げが落ちこんでいたものの、一昨年あたりから次々に新しいタイプのものが発売され、右肩上がりの伸びを見せています。一方テレビは、魅力的な新製品に乏しいせいで、このところ伸び悩んでいますが、今年中に行われるデジタル化によって再び上昇しそうな見通しです。またビデオは、昨年ヒット商品が出て、売り上げが大幅に伸びましたが、その勢いも一段落し、今後はカメラの伸びに逆転されると予想されます。

問題II

1番《解答のポイント》

【キーセンテンス】原稿を出す日を示す文

①こちらも、印刷の都合なんかがあって……。＝印刷の都合があるので（待てない）。

②連休前に、なんとかいただけないでしょうか。＝連休は水曜日に始まるから、その前にもらいたい。

③でも、火曜日にいただいたんでは……。次の日からもう休みですから。＝火曜日では遅い。

1番《スクリプト》

原稿はいつまでに出しますか。

女：あのう、お願いしてある社内新聞の原稿は、そろそろ……。

男：あ、あれ？　悪いけど、ちょっと待ってもらえないかな。来週の水曜日から連休だろう。休み中に書こうと
　　思ってるんだけど。

女：お忙しいのに、申しわけないんですが、こちらも、印刷の都合なんかがあって……。連休前に、なんとかい
　　ただけないでしょうか。

男：じゃ、火曜日に出せっていうこと？

女：ええ、でも、火曜日にいただいたんでは……。次の日からもう休みですから。

男：そうか。休み明けの月曜日に出すのと同じことになるか……。

女：ええ、もう1日いただけないでしょうか。

男：わかった。なんとかしよう。

　　　　　　1　来週の月曜日までに出します。

　　　　　　2　来週の火曜日までに出します。

　　　　　　3　来週の水曜日までに出します。

　　　　　　4　さ来週の月曜日までに出します。

2番《解答のポイント》

【キーセンテンス】女の人が疲れた原因を表す文

　①待たされたっていうより、待合室で隣の人に話しかけられてね、

　　　＝（疲れた原因は）待たされたことではなく、待合室で隣の人に話しかけられたこと

　②返事をしないわけにもいかないし。＝（話しかけられたら）返事をしなければならないから。

　③それだけですめばよかったんだけど、＝それだけではすまなかった

　④今度は、聞かされるはめになっちゃったの。

　　　＝前は、聞かれたのだが、今度は、聞きたくないのに、聞かなければならないような状況になってしまった。

【語句・表現】

　①AというよりB＝AではなくてB

　②はめになる＝結果としてよくない状況になる

　③まるで～だ＝～のようだ

2番《スクリプト》

女の人はどうして疲れたのですか。

女：ただいま。ああ、疲れた。

男：病院でだいぶ待たされたのか。

女：待たされたっていうより、待合室で隣の人に話しかけられてね、返事をしないわけにもいかないし。で、年から収入まで教えちゃった。

男：知らない人に？　でも、どこにもいるんだよね、人のことをあれこれ聞きたがるヤツ。

女：それだけですめばよかったんだけど、薬が出るのを待っているときに、また別の人が……。

男：また、隣の人か。いろいろ聞かれたの？

女：ううん、今度は、聞かされるはめになっちゃったの。まるで人生相談だったわ、長い話でね。

    1　2人の人にいろいろ聞かれたからです。

    2　長い時間待たされたからです。

    3　いろいろ聞かれたり、話を聞かされたりしたからです。

    4　2人の長い話を聞かされたからです。

3番《解答のポイント》

【キーポイント】

　①3,000 ccの車より小さい車　②後ろが開かない

【キーセンテンス】女の人が今持っている車を示す文

　①車庫が小さいの。だから3,000 ccもある大型車は無理。＝3,000 ccの車より小さい車を持っている。

　②そう。じゃ、後ろが開くのにしようかな。＝新しい車は後ろが開くのにしよう→今の車は後ろが開かない。

3番《スクリプト》

女の人が今持っている車は、どんな車ですか。

女：これ、松下さんの車？　いいわね、大きくて。

男：うん、後ろが開くから、荷物がたくさん積めていいよ。

女：わたしもそろそろ車を買い替えたいな。最近レジャー用のRV車が人気があるらしいわね。

男：うん、4WDで3,000 ccあれば、どんな坂でも楽々上れるしね。

女：今の車、一応4WDなんだけど……。うち、車庫が小さいの。だから3,000 ccもある大型車は無理。

男：後ろが開くと小型車でもけっこう広くなるよ。

女：そう。じゃ、後ろが開くのにしようかな。

    1　後ろが開く大型車です。

    2　後ろが開かない小型車です。

    3　後ろが開く小型車です。

    4　後ろが開かない大型車です。

4番《解答のポイント》

【キーポイント】

　①動作中は息を止めない　②動作中は息を吸い込まない→息を吐きながら動作をする

【キーセンテンス】正しい呼吸法を示す文

　①息をゆっくり吐きながら動くことに慣れてください。→息を吐きながら動作をする。

4番《スクリプト》

正しいトレーニングの方法はどれですか。

　スポーツをするとき、体の筋肉のバランスが悪いと、けがをする恐れがあります。ですから、スポーツには筋力トレーニングが欠かせません。ただし、トレーニングは正しいやり方でしないと、かえって筋肉や骨や内臓の障害を引き起こしてしまいます。特に、呼吸を止めた状態で動作をすると、血圧が上がりますから、動作中は息を止めないこと。そして、息を吸い込むことも避けましょう。息をゆっくり吐きながら動くことに慣れてください。1つの動作が終わって次の動作に移るときにすばやく息を吸う、これが正しいやり方です。

　　　　1　すばやく息を吸いながら動作をします。

　　　　2　息を止めている間に動作をします。

　　　　3　息を吸ったり吐いたりしながら動作をします。

　　　　4　息を吐きながら動作をします。

5番《解答のポイント》

【キーセンテンス】男の人が飲みたいと思っているものを示す文

　①コーヒーは、今日3杯も飲んだからちょっと……。

　　＝「コーヒー」はもう飲みたくない。

　②いや、できているものでいいよ。

　　＝できているもの（「コーヒー」か「ウーロン茶」）でいい。

5番《スクリプト》

男の人は何を飲みますか。

女：お帰りなさい。

男：ああ、疲れた。何か飲みたいな。

女：ええと、コーヒー、紅茶、それとも日本茶？

男：コーヒーは、今日3杯も飲んだからちょっと……。冷たいのは何がある？

女：冷たいのは、コーヒーとウーロン茶。紅茶もちょっと待ってくれたら、アイスを作るけど。

男：いや、できているものでいいよ。

女：じゃ、すぐ持ってくるわ。

　　　　1　アイスコーヒーです。

　　　　2　ウーロン茶です。

　　　　3　アイスティーです。

　　　　4　日本茶です。

聴解力アップのための
7ステップ

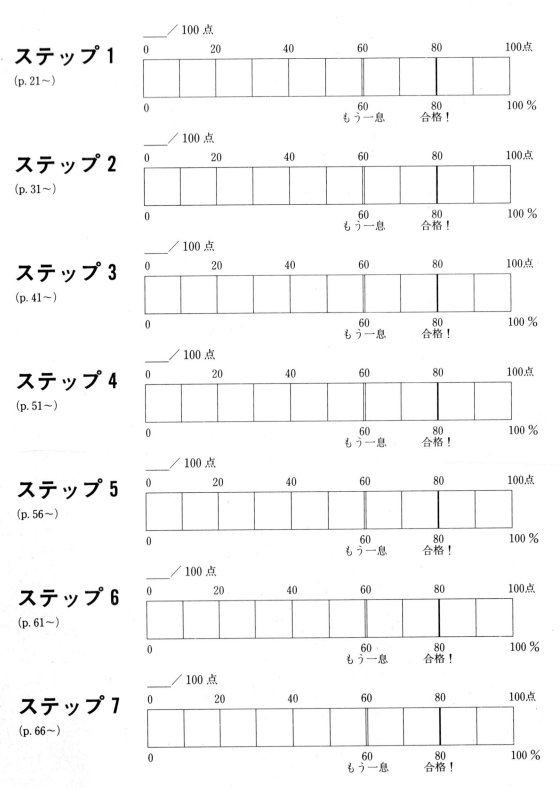

ステップ1
(p. 21〜)

＿＿／100点

| 0 | 20 | 40 | 60 | 80 | 100点 |

0　　　　　　　　　　　　　　60　　　　80　　　　100％
もう一息　　合格！

ステップ2
(p. 31〜)

＿＿／100点

| 0 | 20 | 40 | 60 | 80 | 100点 |

0　　　　　　　　　　　　　　60　　　　80　　　　100％
もう一息　　合格！

ステップ3
(p. 41〜)

＿＿／100点

| 0 | 20 | 40 | 60 | 80 | 100点 |

0　　　　　　　　　　　　　　60　　　　80　　　　100％
もう一息　　合格！

ステップ4
(p. 51〜)

＿＿／100点

| 0 | 20 | 40 | 60 | 80 | 100点 |

0　　　　　　　　　　　　　　60　　　　80　　　　100％
もう一息　　合格！

ステップ5
(p. 56〜)

＿＿／100点

| 0 | 20 | 40 | 60 | 80 | 100点 |

0　　　　　　　　　　　　　　60　　　　80　　　　100％
もう一息　　合格！

ステップ6
(p. 61〜)

＿＿／100点

| 0 | 20 | 40 | 60 | 80 | 100点 |

0　　　　　　　　　　　　　　60　　　　80　　　　100％
もう一息　　合格！

ステップ7
(p. 66〜)

＿＿／100点

| 0 | 20 | 40 | 60 | 80 | 100点 |

0　　　　　　　　　　　　　　60　　　　80　　　　100％
もう一息　　合格！

ステップ **1** 《形や外見》

1番  Track 12 解答 ☐

《**タスク**》正しいものに○、正しくないものに×を入れなさい。

解答のポイント	かかとが高くない	ベルトがない	足をすっぽり包む
図1			
図2			
図3			
図4			

《正解》　　3

《タスクの答え》

解答のポイント	かかとが高くない	ベルトがない	足をすっぽり包む
図1	×	○	×
図2	○	×	×
図3	○	○	○
図4	○	×	○

《スクリプト》

　女の人が今はいているくつはどれですか。

男：あ、新しいくつだね。

女：昨日買ったの。ほんとは、かかとがちょっとでも高いのがほしかったんだけど。

男：この間はベルトがついているのがほしいって言ってたじゃないか。

女：うん。でも、だんだん寒くなってきたし、足を全部すっぽり包むようなのがいいと思って。

男：ぼくの今日のくつも、すっぽり型だよ、ほら。

女：あ、ベルトもついてて、かかともちょっと高いし、いいわね。

男：でも、君のそのくつもいいよ。

　女の人が今はいているくつはどれですか。

🔘 **Track** 13 解答 [ ]

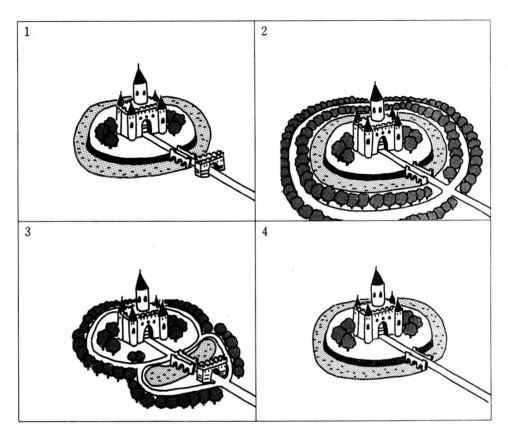

〈タスク〉 正しいものに○、正しくないものに×を入れなさい。

解答のポイント	城の外側に濠があった	正面入り口に橋があった	橋の手前に門があった
図1			
図2			
図3			
図4			

《正解》　　1

《タスクの答え》

解答のポイント	城の外側に濠があった	正面入り口に橋があった	橋の手前に門があった
図1	○	○	○
図2	○	○	×
図3	×	○	○
図4	○	○	×

《スクリプト》

　城の元の姿はどれですか。元の姿です。

　この城は17世紀に建てられたものですが、城の建物はほとんど当時のままの姿を保っています。城の外側は当時濠がめぐらされていたのですが、現在は木が植えられて、城を訪れる観光客の散歩道になっています。正面入り口の手前には新しい橋がかけられていますが、この橋は一度破壊されたものが後に修復され、さらに昨年再び新しく作り替えられたものです。建造当時の橋の手前には門がつけられていましたが、この門は修復の際にとりはらわれました。橋の下は現在小さな池になっています。

　城の元の姿はどれですか。

3番 🖲 Track 14 　解答 ☐

《**タスク**》正しいものに○、正しくないものに×を入れなさい。

解答のポイント	感情線が切れている	健康線が切れている
図1		
図2		
図3		
図4		

〈正解〉　3

〈タスクの答え〉

解答のポイント	感情線が切れている	健康線が切れている
図1	○	×
図2	×	○
図3	○	○
図4	○	×

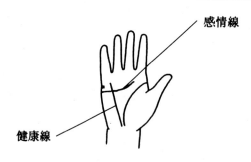

〈スクリプト〉

　心と体の状態がよくないのはどれですか。

　えー。今日は皆さんの心や体の状態を手相、つまり手の様子から見る方法をお教えしましょう。ま
ず、小指の下を見てください。横に走っている短い線がありますね。これは結婚線です。結婚線の下
に、人さし指の方向に向かって長く伸びている線があるでしょう。これが感情線です。この感情線が
ところどころで切れているような場合は、心の状態がよくないんですよ。はい、次は生命線。親指と
人さし指の間から手首のほうに走っている線があるでしょう。これが生命線です。生命線の下から小
指に向かって、ななめに伸びている線がありますね。これが健康線で、この線が乱れていたり、切れ
ていたら赤信号です。

　心と体の状態がよくないのはどれですか。

4番 💿 Track 15　解答 □

〈**タスク**〉正しいものに○、正しくないものに×を入れなさい。

解答のポイント	足を前後に開く	左右の足の中間
図1		
図2		
図3		
図4		

《正解》　3

《タスクの答え》

解答のポイント	足を前後に開く	左右の足の中間
図1	○	×
図2	×	×
図3	○	○
図4	×	○

《スクリプト》

　飛んだ距離はどこで測りますか。

女：昨日のテレビ見た？　スキーのジャンプ、人が100メートルも飛べるなんてすごいわね。

男：あの距離、どの位置で測っているか知ってる？

女：スキーの板の先かな。板のいちばん前。あ、それとも後ろ？

男：ほら、選手は地面に降りるとき、バランスをとるために足を必ず前後に開いているよね。

女：そうね、どっちかの足が前になって……。

男：その開いた左右の足の中間点で測るんだよ。

女：へえ。

　飛んだ距離はどこで測りますか。

| 1 | 2 |
| 3 | 4 |

《タスク》正しいものに○、正しくないものに×を入れなさい。

解答のポイント	がらがある	半ズボン	えりがない
図1			
図2			
図3			
図4			

〈正解〉　4

〈タスクの答え〉

解答のポイント	がらがある	半ズボン	えりがない
図1	×	○	○
図2	○	×	○
図3	×	○	×
図4	○	○	○

〈スクリプト〉

　女の人がテニスクラブの人と話しています。女の人は今日どんな服装ですか。

男：新しく入会なさった方は、このクラブの規則をよくお読みになってください。

女：あら、服装がけっこうきびしいんですねえ。

男：ええ、恐れ入りますが、シャツもズボンも白の無地のものをと、お願いしておりますが。

女：じゃあ、今日のこのかっこうじゃダメですね。白だけど、がらがあるから……。半ズボンはこれ
　　でいいんですね。

男：ええ。それから、シャツはなるべく、えりのあるものをお召しになるように、お願いしておりま
　　すが。

女：あらあ、こういう普通のTシャツならいいかと思っていたんですけど……。

　女の人は今日どんな服装ですか。

ステップ**2**《位置・地図・順番》

1番 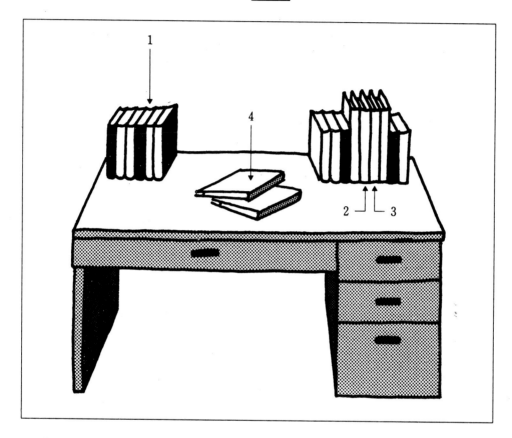 **Track** 17 　解答 ☐

〈タスク〉正しいものに〇、正しくないものに×を入れなさい。

解答のポイント	ファイル	重ねてない	右のほう	3冊目	左から
1					
2					
3					
4					

《正解》 3

《タスクの答え》

解答のポイント	ファイル	重ねてない	右のほう	3冊目	左から
1	×	○	×	○	×
2	○	○	○	○	×
3	○	○	○	○	○
4	○	×	×	×	×

《スクリプト》

　男の人のファイルはどこにありますか。

男：あ、高橋さん、悪いけど、ぼくの机の上のファイル、取ってくれない？
女：はい。どれですか。重ねてあるこれかしら。
男：いや、それじゃなくて、右のほうに本とファイルが何冊か立ててあるでしょう。
女：こっちですか。
男：反対。そこは本だけだよね。……ああ、そう、そっち。そこにファイルが何冊かあるでしょう。
　　その3番目の。
女：右からですか。左からですか。
男：左から3冊目。あ、どうもありがとう。

　男の人のファイルはどこにありますか。

2番　Track　18　解答　☐

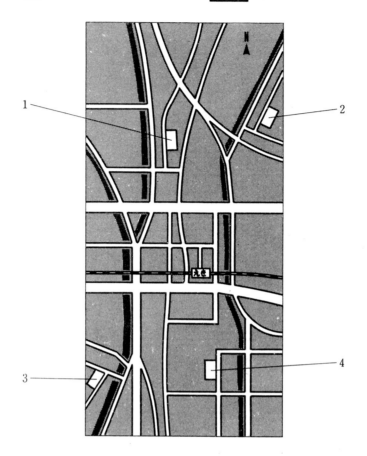

《タスク》正しいものに○、正しくないものに×を入れなさい。

解答のポイント	南	北
駅前から		

解答のポイント	右	左
突き当たり		
最初の角		
JRの線路を越えて大通りに出たら		
大通り2つ目の信号		
五差路　ななめ		
2つ目の信号		
次の角		
美術館		

《正解》　　1

《タスクの答え》

解答のポイント	南	北
駅前から	×	○

解答のポイント	右	左
突き当たり	×	○
最初の角	×	○
ＪＲの線路を越えて大通りに出たら	○	×
大通り２つ目の信号	○	×
五差路　ななめ	○	×
２つ目の信号	○	×
次の角	×	○
美術館	○	×

《スクリプト》

　美術館はどこですか。

　今、駅前ですか。車ですね。地図はありますか。ええと、駅前から北へちょっと行って、突き当たりを左に曲がって、最初の角をまた左です。本当は右へ曲がったほうが近いんですけど、渋滞していますから。で、ＪＲの線路を越えると大通りに出ます。信号がないので少したいへんかもしれませんが、ここを右折します。少し行って、２つ目の信号をまた右折。そうすると五差路がありますから、右折じゃなくて、ななめ右に行くほうの道に入ってください。しばらく川沿いに走って、２つ目の信号を右に曲がり、次の角を左に曲がると、美術館が右に見えます。美術館は大きいからすぐわかるでしょう。

　美術館はどこですか。

🔘 **Track** 19 解答 ☐

《**タスク**》正しいものに○、正しくないものに×を入れなさい。

解答のポイント	ハンドルを 左に切った	正面衝突は 免れた	二重衝突に ならなかった
図 1			
図 2			
図 3			
図 4			

35

《正解》　　3

《タスクの答え》

解答のポイント	ハンドルを 左に切った	正面衝突は 免れた	二重衝突に ならなかった
図1	×	○	○
図2	○	×	○
図3	○	○	○
図4	○	○	×

《スクリプト》

　自動車事故を起こした人が事故のときの様子を話しています。車が衝突したときの状態はどれですか。

　前のトラックがのろのろしていたんで、追い越そうとしたんです。で、反対車線に出ようとハンドルを右に切ったとき、向こうから車が猛スピードで走って来るのが見えたんで、こちらもスピードを上げてトラックの前に出ようとしました。だけど、完全に追い越しきらないうちにハンドルを左に切ってしまったんです。それで、ドカーン。正面衝突は免れたんですけど、もうちょっとで二重衝突になるところでしたよ。

　車が衝突したときの状態はどれですか。

4番 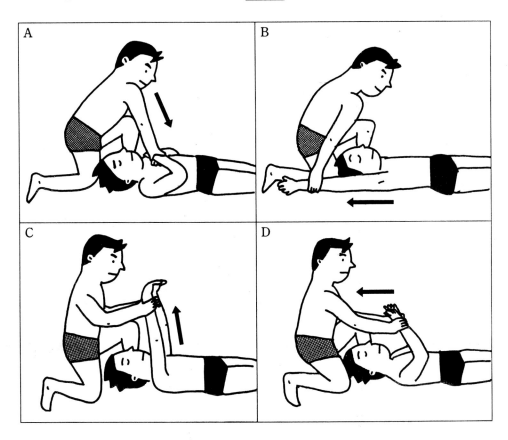 Track 20　解答 □

1　D → C → B → A
2　C → A → D → B
3　D → B → A → C
4　C → A → B → D

《タスク》（　　）に言葉を入れ、[　　]に図の記号を入れなさい。

順番	1 →	2 →	3 →	4
	手首を握って腕を（　　　　）	体重を（　　　　　）	腕を（　　　　　）	地面につくまで腕を（　　　　）
	図 [　　]	図 [　　]	図 [　　]	図 [　　]

《正解》　　2

《タスクの答え》

順番	1 →	2 →	3 →	4
	手首を握って腕を（持ち上げる） 図 [Ｃ]	体重を（前にかける） 図 [Ａ]	腕を（引き寄せる） 図 [Ｄ]	地面につくまで腕を（伸ばす） 図 [Ｂ]

《スクリプト》

男の人が人工呼吸について説明しています。正しい順番はどれですか。

　今日はみなさんに、おぼれた人を助けるための人工呼吸を実際にご覧に入れようと思います。よく見ていてください。まず、おぼれた人を水から引き上げて、地面に仰向け、つまり顔を上に向けて寝かせます。はじめに、おぼれた人の手首を握って腕を持ち上げます。次に、自分の上半身の体重をぐっと前にかけて、おぼれた人の手をその胸に置きます。いいですね。それから、手首を持ったまま腕を自分のほうに引き寄せます。そして、最後に、握った手首を頭の上まで引いて、地面につくまで腕を伸ばします。さあ、ここまでが1回です。この1回の動作に5秒かけて、何度か繰り返します。

　正しい順番はどれですか。

5番  Track 21 解答 ☐

1 A → C → D → B

2 D → A → B → C

3 A → D → C → B

4 D → A → C → B

《タスク》表の中に、図の記号を入れなさい。

順番	1	➡	2	➡	3	➡	4
図							

《正解》　4

《タスクの答え》

順番	1	➡	2	➡	3	➡	4
図	D		A		C		B

《スクリプト》

男の人がする仕事の順番はどれですか。

女：じゃあ、来週の出張の準備はお願いね。

男：はい、ええと、飛行機の切符とホテルの予約ですね。すぐ、やります。

女：あっ、ホテルは少し待って。今日の会議に出てから、何日泊まるか決めるから。それより、行きの飛行機が取れないと困るから、そっちを先に頼むわ。

男：わかりました。では、そのあとで会議の資料をお持ちします。

女：会議が始まるまで、まだ時間があるから、そんなに急がなくても、大丈夫よ。あ、もうこんな時間？　いけない、出かけなくちゃ。すぐ、タクシー呼んで。

男の人がする仕事の順番はどれですか。

ステップ**3**《図形・グラフ》

1番 💿 Track 22 解答 ☐

1	2
家族	家族
3	4
家族	家族

《**タスク**》正しいものに〇、正しくないものに×を入れなさい。

解答のポイント	半円が上にある	円と半円が 重なっている	絵は円の中に 入れる	タイトルは重なっ ている部分に入る
図1				
図2				
図3				
図4				

《正解》　　3

《タスクの答え》

解答のポイント	半円が上にある	円と半円が重なっている	絵は円の中に入れる	タイトルは重なっている部分に入る
図1	○	×	○	×
図2	×	×	×	×
図3	○	○	○	○
図4	×	○	○	○

《スクリプト》

　本の表紙のデザインは、どれになりますか。

女：表紙のデザインは、どんなのにしますか。
男：ぼくのイメージはね、円と半円が上下に並んでいるんだ。
女：どっちが上ですか。
男：半円を下にするとバランスが悪くならないか。
女：そうですね、じゃ、こんなふうに。
男：あ、円と半円は、接しているより少し重なってるほうがおもしろくない？　それでイラストは円の中に入れる。
女：はい、絵をここに。タイトルはどこにします？
男：重なっている部分に入るだろう。

　本の表紙のデザインは、どれになりますか。

2番 Track 23　解答 ☐

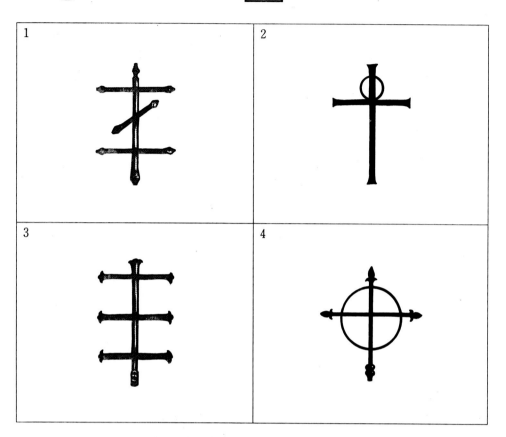

《タスク》正しいものに○、正しくないものに×を入れなさい。

解答のポイント	十字全体に円が重なっている	円が十字の上の部分にある	横に3本が平行になっている	3本のいちばん下がななめ
図1				
図2				
図3				
図4				

《正解》　　1

《タスクの答え》

解答のポイント	十字全体に円が重なっている	円が十字の上の部分にある	横に３本が平行になっている	３本のいちばん下がななめ
図１	×	×	×	×
図２	×	○	×	×
図３	×	×	○	×
図４	○	×	×	×

《スクリプト》

　今ここにないものはどれですか。ここにないものです。

　ここにあるのは、みんな十字架です。ずいぶん変わった形のものがあるでしょう。これは、縦横の十字全体に円が重なっていますね。それから、こちらのは円が十字の上の部分についています。それから、これなんかは、横に３本平行に入っていますが、３本のいちばん下がななめになっているのもあるんですよ。あ、これです。

　今ここにないものはどれですか。

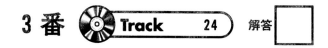

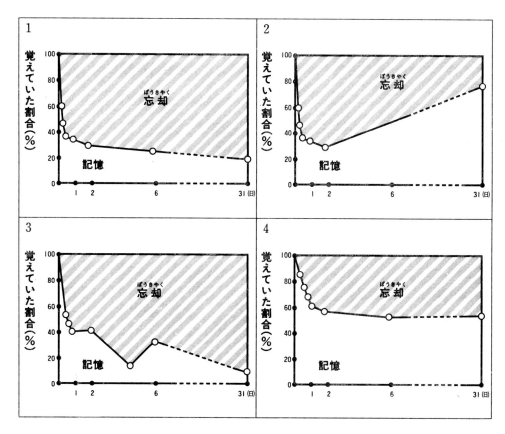

《タスク》正しいものには○、正しくないものには×を入れなさい。

解答のポイント	約3分の2を半日で忘れる	半日過ぎても忘れないことは記憶される
グラフ1		
グラフ2		
グラフ3		
グラフ4		

《正解》 1

《タスクの答え》

解答のポイント	約3分の2を半日で忘れる	半日過ぎても忘れないことは記憶される
グラフ1	○	○
グラフ2	○	×
グラフ3	×	×
グラフ4	×	○

《スクリプト》

このグラフはある実験の結果です。正しいグラフはどれですか。

人に全然意味のない文字の列を記憶させて、その後1カ月の間、どれぐらい覚えているかを調べてみました。「忘却」、つまり忘れられた分はななめの線で示されています。この図によると忘却のほとんどは半日ぐらいの間に起こっています。たった半日の間に約3分の2も忘れられてしまうんです。しかし、半日過ぎても忘れなかったことは、そのまま覚えていて記憶されるということも、この実験の結果から言えるわけです。

正しいグラフはどれですか。

4 番 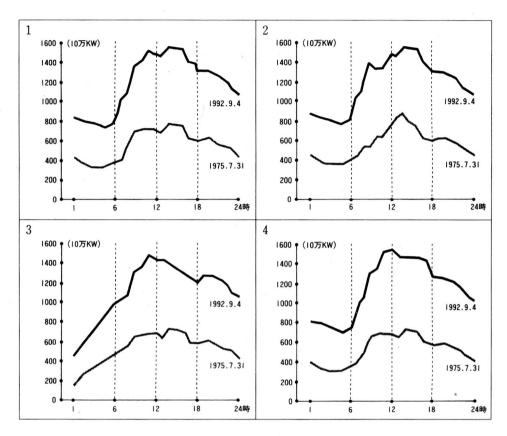 Track　25　解答 ☐

《タスク》正しいものに○、正しくないものに×を入れなさい。

解答のポイント	6 時から急に増える		12 時〜13 時に下がる		13 時〜15 時に最大になる	
	75 年	92 年	75 年	92 年	75 年	92 年
グラフ 1						
グラフ 2						
グラフ 3						
グラフ 4						

《正解》　　1

《タスクの答え》

解答のポイント	6時から急に増える		12時～13時に下がる		13時～15時に最大になる	
	75年	92年	75年	92年	75年	92年
グラフ1	○	○	○	○	○	○
グラフ2	○	○	×	○	○	○
グラフ3	×	×	○	×	○	×
グラフ4	○	○	○	○	○	×

《スクリプト》

　これは、夏の1日の電気の使われ方を示すグラフです。正しいグラフはどれですか。

　夏の1日の電力消費量、すなわち電気が使われる量は、年々増えてきています。これはクーラーの普及などが影響しているからです。朝6時を過ぎると電力消費量は急に増えてきますが、12時から13時にかけて少し下がります。ちょうどお昼休みの時間です。そのあと13時から15時の間に最大となります。1975年7月31日と1992年9月4日を比べてみると、電力消費量が大幅に増えていることがわかります。しかし、おもしろいことに、1日に使われる電気の全体的な傾向にはあまり変化がありません。

　正しいグラフはどれですか。

5 番 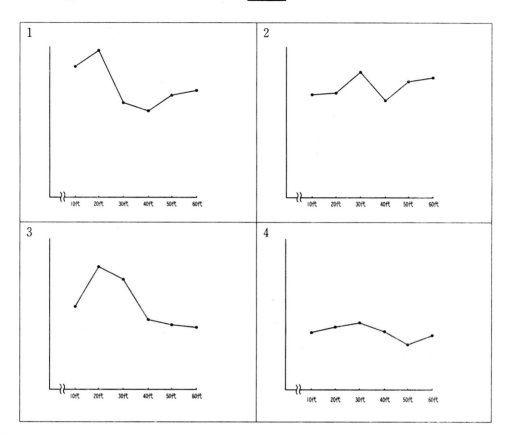 Track 26　解答 ☐

《**タスク**》正しいものに〇、正しくないものに×を入れなさい。

解答のポイント	悩みを持つ日本人男性は 30 代が多い	40 代でガタンと落ちている
グラフ 1		
グラフ 2		
グラフ 3		
グラフ 4		

《正解》　　2

《タスクの答え》

解答のポイント	悩みを持つ日本人男性は 30 代が多い	40 代でガタンと落ちている
グラフ 1	×	×
グラフ 2	○	○
グラフ 3	×	○
グラフ 4	○	×

《スクリプト》

　日本人の男性を表す正しいグラフはどれですか。

　このグラフは、日常生活で何か悩みを持っているかどうかを日本人とアメリカ人を対象にアンケート調査した結果です。これを日本人について見ると、悩みを持つ人がいちばん多いのは、女性が 40 代、男性が 30 代で、悩みを持つ時期に男女で 10 年ほどの差があるようです。また、悩みを持つ女性は 40 代に最も多いのですが、男性はというと、この年代での割合がガタンと落ちているのも特徴的です。

　日本人の男性を表す正しいグラフはどれですか。

ステップ4 《何・どれ・だれ》

1番 🔘 **Track** 　27 　解答 ☐

《タスク》（　　）の中に言葉を入れなさい。

女：わたし、「（　　）」になろうと思うんだ。
　　　　　　　　1

男：「じゅい」？　あ、（　　）のお医者さんだね。
　　　　　　　　　　2

女：それは「（　　）」。わたしね、動物も好きだけど、木とか観葉植物とかが大好きでね。部屋
　　　　　　　3
　　の中も（　　　　　　　　）にしておきたいの。
　　　　　　4

男：花屋でいろいろ買って来ればいいじゃないか。

女：買っても、すぐ枯らしちゃうの。だから、（　　）が元気かどうか（　　）をして、必要な
　　　　　　　　　　　　　　　　　　　　　5　　　　　　　　　6
　　ら（　　）もあげて……。
　　　　7

男：それでお金が稼げれば、趣味と（　　）が一致するってわけか。
　　　　　　　　　　　　　　　　8

《解答のポイント》

【キーセンテンス】女の人がしたいと思っている仕事を示す文

　①わたし、「樹医」になろうと思うんだ。＝「樹医」になるつもりだ。

　②動物も好きだけど、木とか観葉植物とかが大好き＝「獣医」になりたいのではない

　③木が元気かどうか診察をして、必要なら薬もあげて……。＝仕事は「木の医者」。

【語句・表現】

　①「じゅい」＝「樹医」（＝「木の医者」という意味だが、一般的な語ではない）

　②「じゅうい」＝「獣医」（＝動物の医者）

《正解》　　2

《タスクの答え》

　(1)樹医　(2)犬や猫　(3)獣医　(4)緑でいっぱい　(5)木　(6)診察　(7)薬　(8)実益

《問題スクリプト》

　女の人は、何になるつもりですか。

1　薬屋です。

2　植物の医者です。

3　花屋です。

4　動物の医者です。

2番　🅾 Track 28　解答 □

《タスク》（　　）の中に言葉を入れなさい。

女：この度は「（　　　　　）」の受賞、おめでとうございます。黒田さんは、お仕事の（　　　　　）、
　　　　　　　　①
　　もう（　　　　　）マンガをかいていらっしゃるそうですね。
　　　　　③

男：（　　　　　）、ちょっと（　　　　　）って言われるんですけど。
　　　④　　　　　　　　　　⑤

女：そういえば、今回受賞された作品のテーマは「（　　　　　）」でしたね。
　　　　　　　　　　　　　　　　　　　　　　　　　　⑥

男：ええ、実は（　　　　）がかかわった（　　　　　）をちょっとマンガにしてみただけなんですけど。
　　　　　　　⑦　　　　　　　　　　⑧

女：ご自身が関係なさった（　　　　）も、もちろん……。
　　　　　　　　　　　　　⑨

男：いやあ、この仕事には（　　　　　　）ですからねえ。自分の体験なんかかく気にはなりませ
　　　　　　　　　　　　　⑩
　　んよ。

《解答のポイント》

【キーセンテンス】職業を示す文

　①黒田さんは、<u>お仕事のかたわら</u>、もう長いことマンガをかいていらっしゃるそうですね。＝マン
　　ガをかくことは本業ではない。（「お仕事」＝「本業」を表している）

　②実は同僚がかかわった犯人逮捕をちょっとマンガにしてみただけなんですけど。
　　　＝同僚（＝仕事の仲間）が犯人を逮捕した。

　③ご自身が関係なさった事件も、もちろん……。
　　　＝自分も「事件」にかかわっている。

【語句・表現】

　①AのかたわらB＝Aが本業

　②AがかかわったB＝BにAがかかわった（ことがある）

　③Aに（は）Bがつきもの＝AをするときにはいつもBがある

《正解》　2

《タスクの答え》

　(1)マンガ大賞　(2)かたわら　(3)長いこと　(4)職業柄　(5)意外だ　(6)銀行強盗　(7)同僚　(8)犯人逮捕
　(9)事件　(10)危険がつきもの

《問題スクリプト》

　男の人の職業は何ですか。

1　銀行員です。　　　　　2　警察官です。

3　マンガ家です。　　　　　4　小説家です。

3 番 🔵 Track 29 解答 ☐

《タスク》（　　）の中に言葉を入れなさい。

女：社長、これが今回の（　　　　　　）の結果で、（　　　　　　）に関する社員の（　　　　　）を集計し
　　たものです。
　　　　　　　　　　 1　　　　　　　　　　 2　　　　　　　　　　　　 3

男：（　　　　　　）を希望している社員はどのくらいいるのかね。
　　　 4

女：はい、（　　　　　）ですね。
　　　　　 5

男：やっぱりそうか。（　　　　　　）が進んでいると聞いてはいたが……。
　　　　　　　　　　　 6

女：それから、（　　　　　）の勤務地にいる人は（　　　　　）に過ぎません。
　　　　　　　　 7　　　　　　　　　　　　　 8

男：そうか。自分の（　　　　　）を希望する者が、やはり多いんだろうね。
　　　　　　　　 9

女：それが、ちょっと（　　　　　　）が出ていまして。
　　　　　　　　　 10

《解答のポイント》

【キーセンテンス】調査の結果を示す文

①都会離れが進んでいる

　＝東京を希望する人は減っている

②希望どおりの勤務地にいる人は4割強に過ぎません。

　＝希望どおりの勤務地にいる人は少ない。

③自分の出身地を希望する者が、やはり多いんだろうね。

　―それが、ちょっと意外な結果が出ていまして。

　＝自分の出身地を希望する人は意外に少ない。

《正解》　1

《タスクの答え》

(1)アンケート　(2)勤務地　(3)希望　(4)東京本社　(5)約半数　(6)都会離れ　(7)希望どおり　(8)4割強
(9)出身地　(10)意外な結果

《問題スクリプト》

　社員が社長に調査の結果を報告しています。会話の内容に合うものは、どれですか。

1　東京を希望する社員は減っています。

2　希望どおりの勤務地にいる人は多いです。

3　東京を希望する社員は4割強です。

4　出身地を希望する社員は多いです。

4番 💿 Track 30 解答 ☐

《タスク》(）の中に言葉を入れなさい。

女：今度の（　₁　）、これどう？　この歌手（　₂　）なんだ。

男：うん、なかなかだね。はじめの曲なんか（　₃　）し、このＣＤ全体に（　₄　）があるみたいだね。

女：わたしは（　₅　）バラード系が好きだから、静かなのがいいな。（　₆　）の曲とか。あ、それから（　₇　）なんかすごくきれいね。

男：あ、あれね。でも、ぼくのいちばんの（　₈　）はその前の曲だな。聴いたあと、なんか気分が（　₉　）するよ。

女：うん。このＣＤ、しばらく（　₁₀　）わね。

《解答のポイント》

【キーセンテンス】男の人が好きな曲を示す文

①あ、それから最後の曲なんかすごくきれいね。

　　―でも、ぼくのいちばんのお勧めはその前の曲だな。＝最後から2番目の曲がいい。

【語句・表現】

①なかなかだ＝すばらしい、予想以上にいい

②どちらかというとAがB＝AのほうがB

③いちばんのお勧め＝いちばんいいと思っているので紹介したいもの

④手放せない＝いつも持っていたい

《正解》　　4

《タスクの答え》

(1)ＣＤ　(2)好き　(3)乗りもいい　(4)ストーリー　(5)どちらかというと　(6)2番目　(7)最後の曲

(8)お勧め　(9)スカッと　(10)手放せない

《問題スクリプト》

男の人はどの曲がいちばんいいと言っていますか。

1　はじめの曲です。

2　2番目の曲です。

3　最後の曲です。

4　最後から2番目の曲です。

5番 Track 31 解答 ⬚

《タスク》（　　）の中に言葉を入れなさい。

男：新しい（　　①　　）を選ぶのって意外と（　　②　　）ね。

女：ええ、人材は（　　③　　）んだけど、だれか1人選ぶっていうのは難しいわね。

男：うん。田中君は（　　④　　）だけど、（　　⑤　　）なところがあまりないし……。木村君は（　　⑥よしもと　　）なんかはいいんだけど、（　　⑦　　）はちょっと……。

女：そうね。吉本さんも、どちらかというと（　　⑧　　）だし……。ああ、藤木（ふじき）さんはどうかしら？　彼、仕事はとても速いわよ。

男：でもなあ、時々（　　⑨　　）からなあ。やっぱり、今回は（　　⑩　　）をとるか。

女：そうね。

《解答のポイント》

【キーセンテンス】どんな人を選ぶかを示す文

①やっぱり、今回は正確なほうをとるか。＝今回は仕事が正確な人を選ぶ。

　　田中：○まじめで仕事が確実　　×独創的

　　木村：○デザインのセンス　　　×実務的なこと

　　吉本：○デザインのセンス　　　×実務的なこと

　　藤木：○仕事がとても速い　　　×正確さ（時々ミスがある）

【語句・表現】

①けっこういる＝かなりたくさんいる

②Aはちょっと……＝Aはあまりよくない

《正解》　　1

《タスクの答え》

(1)スタッフ　(2)たいへんだ　(3)けっこういる　(4)まじめで仕事が確実　(5)独創的　(6)デザインのセンス　(7)実務的なこと　(8)木村さんタイプ　(9)ミスがある　(10)正確なほう

《問題スクリプト》

男の人と女の人はだれを選ぶことにしましたか。

1　田中さんです。

2　木村さんです。

3　吉本さんです。

4　藤木さんです。

ステップ5《いつ・いくら・どうして》

1番 💿 Track 32　解答 ☐

《タスク》（　　　）の中に言葉を入れなさい。

女：じゃあ、（　　　）は（　　　）だから、遅れないでね。
　　　　　　　 1　　　　　　 2

男：あっ、ごめん。（　　　）、ダメなんだ。
　　　　　　　　　 3

女：ええっ、試合は（　　　）。1週間しかないのよ。わたし、今度はぜったい勝ちたいの。
　　　　　　　　 4

男：もちろん、ぼくだって。だけど、金曜日は（　　　）に出なくちゃならないんだ。土曜日に
　　　　　　　　　　　　　　　　　　　　　　　 5

　　試合があるから。

女：じゃ、明日はどう？

男：（　　　）は英語なんだ。（　　　）か（　　　）ならいいんだけど。
　　 6　　　　　　　　　　 7　　　　 8

女：じゃ、（　　　）。とにかくがんばらなければならないから。
　　　　　　 9

男：よし、わかった。

《解答のポイント》

【キーセンテンス】練習する日を示す文

①じゃ、明日はどう？―水曜日は英語なんだ。

　→明日は水曜日＝あさっては木曜日

②じゃ、その両方。＝木曜日＋日曜日

【語句・表現】

①AかBならいい＝AまたはBであればOK

《正解》　4

《タスクの答え》

(1)次の練習　(2)金曜日　(3)今度の金曜日　(4)来週の火曜日　(5)野球の練習　(6)水曜日　(7)あさって

(8)日曜日　(9)その両方

《問題スクリプト》

　2人はいつ練習しますか。

1　土曜日と火曜日です。

2　水曜日と木曜日です。

3　水曜日と日曜日です。

4　木曜日と日曜日です。

2番 💿 Track 33 　解答 ☐

《タスク》（　　　）の中に言葉を入れなさい。

男：お客様、エアコンをお探しですか。

女：ええ、（　　　　）の大きいのだと、（　　　　　　）になるでしょうね。
　　　　　1　　　　　　　　　　　　　　　2

男：20畳ですと、家庭用としては（　　　　　　）ですね。ええと、こちら、（　　　　　　）です。
　　　　　　　　　　　　　　　　　　　3　　　　　　　　　　　　　　　　　　4

女：（　　　　　　）？　う～ん、（　　　　　　）もかなりかかるんでしょう。
　　　4　　　　　　　　　　　5

男：そうですね。あの、あちらの新型はいかがですか。部屋が広くても、人がいる所だけをあたため

　　る（　　　　　　）ですから、電気代も（　　　　　）お得ですよ。
　　　　　6　　　　　　　　　　　　　　　7

女：へえ、そんなのが出たんですか。

男：本体はそちらの20畳用より1万円安いんですが、壁に取り付けるセンサーが必要で、これが

　　（　　　　　）となってまして、2万2,000円です。
　　　8

女：ちょっと予算オーバーだけど、でも（　　　　　　）わけね。じゃ、この新型にします。
　　　　　　　　　　　　　　　　　　　9

《解答のポイント》

【キーセンテンス】支払う金額を示す文

①こちら、29万8,000円です。＝20畳用は29万8,000円です。

②本体はそちらの20畳用より1万円安いんですが、壁に取り付けるセンサーが必要で、これが別

　売りとなってまして、2万2,000円です。

　→29万8,000円－1万円＋2万2,000円＝31万円

【語句・表現】

①かなり～＝相当～（程度や量の多さを強調する）

②～わけね。＝（内容を確認する）

《正解》　3

《タスクの答え》

(1)20畳用　(2)かなりの値段　(3)最大のタイプ　(4)29万8,000円　(5)毎月の電気代　(6)省エネタイプ　(7)2、3割　(8)別売り　(9)結局得になる

《問題スクリプト》

女の人はいくら払いますか。

1　27万8,000円です。

2　28万8,000円です。

3　31万円です。

4　32万円です。

3 番 （💿 Track 34） 解答 ▢

《タスク》（　　）の中に言葉を入れなさい。

男：おっ、立派な魚だな。どうしたんだい。

女：お隣の奥さんに（　　）の。ご主人が今朝（　　）そうよ。
　　　　　　　　　　　　1　　　　　　　　　　　　2

男：お隣のご主人、（　　）釣りやってたのか？
　　　　　　　　　　3

女：ううん、始めてから、まだ（　　）ですって。
　　　　　　　　　　　　　　　4

男：（　　）こんな立派なのが釣れるのか。じゃ、ぼくもゴルフをやめて、（　　）。
　　5　　　　　　　　　　　　　　　　　　　　　　　　　　　　　　6

女：フフ。やめたほうが……。あなた、気が短いから、すぐにいやになっちゃうんじゃないの。

男：そんなことないよ。それに、「（　　）」って言うんだぞ。
　　　　　　　　　　　　　　　7

《解答のポイント》

【キーセンテンス】「釣りを始めよう」という気持ちを表す文

　①前から釣りやってたのか？＝釣りは長い間やっているのか？

　②たった３カ月でこんな立派なのが釣れるのか。＝釣りを始めて時間が短いのに、立派な魚が釣れ
　　たことに驚いている。

　③「気の短い人のほうが上達が速い」って言うんだぞ。

【語句・表現】

　①こんなＡのか＝Ａということに驚いている

《正解》　　3

《タスクの答え》

　(1)いただいた　(2)海へ釣りに行っていらした　(3)前から　(4)３カ月　(5)たった３カ月で　(6)釣りを
　始めようかな　(7)気が短い人のほうが上達が速い

《問題スクリプト》

　男の人は、どうして釣りを始めようという気になりましたか。

1　気が短い人は釣りが上手だからです。

2　隣のご主人より上手になりたいからです。

3　すぐに上手になれそうだと思ったからです。

4　ゴルフより釣りのほうが楽しそうだからです。

4番 ◎ Track 35 解答 ☐

《**タスク**》（　　）の中に言葉を入れなさい。

男：最近、資源の節約のために再生紙を使用する企業が増えましたね。

女：でも、古新聞などの古紙はまだ余っているんですってね。古紙の再生は（　　　1　　　）のですか。

男：（　2　）古紙の再生にはかなり（　　　3　　　）が、新しく作るの（　　4　　）、
　　燃料の石油が（　　5　　）ので、（　　6　　）です。

女：じゃあ、やはり需要が少ないからでしょうか。

男：問題は、再生のための（　　7　　）で、（　　8　　）ことから、再生工場が
　　増えないんです。（　　9　　）んですが……。採算は十分合うはずですからね。

《**解答のポイント**》

【キーセンテンス】古紙が余っている理由を示す文

①確かに古紙の再生にはかなり手間がかかりますが、＝手間がかかることはほんとうだが、もっと
　大きな理由は、

②設備費がかかることから、再生工場が増えないんです。＝設備費がかかるので、再生工場が増え
　ない。

③設備さえ整えばいいんですが……。＝設備が整えば、ほかに問題はない。

【語句・表現】

①確かにA……が、B＝Aであることはほんとうだが、でもB

②Aさえ〜ばいい＝Aだけ〜ば、ほかは問題ではない

《**正解**》　4

《**タスクの答え**》

(1)高くつく　(2)確かに　(3)手間がかかります　(4)に比べたら　(5)少なくてすむ　(6)経費が安上がり

(7)設備が必要なこと　(8)設備費がかかる　(9)設備さえ整えばいい

《**問題スクリプト**》

　古紙が余っている理由は何だと言っていますか。

1　再生に石油がたくさん必要なことです。

2　再生紙の需要が少ないことです。

3　再生に手間がかかることです。

4　再生のための設備費がかかることです。

5番 Track 36 解答 □

《タスク》（　　）の中に言葉を入れなさい。

女：最近お出しになったご本の中で、先生は日本の大学教育のシステムに関する1つの提案をなさっ
　　ていらっしゃいますね。

男：ええ、大学の4年間は（　　　　　　　　）勉強するのが（　　　　　　　　）と……。
　　　　　　　　　　　　　　　1　　　　　　　　　　　　　　　　　2

女：専門は（　　　　　　　）ということですか。
　　　　　　3

男：ええ。まだ、（　　　　　　　　）若者に、将来を（　　　　　　　　）のは（　　　　　）
　　　　　　　　4　　　　　　　　　　　　　　5　　　　　　　　　　　　6
　　　　）、いや、それどころか、（　　　　　　　　）と思うんです。
　　　　　　　　　　　　　　　　　7

女：大学の4年間に専門を（　　　　　　　　）ということですね。
　　　　　　　　　　　　8

男：ええ。（　　　）、そうすると、（　　　　　　　）をどうするか、ということになりますね。これが
　　　　　　9　　　　　　　　　　10
　　わたしの提案の1つの問題点なんですが……。

《解答のポイント》

【キーセンテンス】先生の考えを示す文

①専門分野に分かれずに勉強するのがいいんじゃないか＝専門分野に分かれないほうがいい

②二十歳にしかならない若者＝二十歳はとても若い、若過ぎる

③将来を決めさせてしまうのは意味がない＝将来を決めさせるのはよくない

④それどころか、有害なんじゃないか＝もっと悪いことに、有害だ

【語句・表現】

①A。それどころか、B＝Aよりもっと程度の進んだB（ここでは、B＝もっと悪い状態）

②A。ただ、B＝Aには問題点Bがある

《正解》　　2

《タスクの答え》

(1)専門分野に分かれずに　(2)いいんじゃないか　(3)大学院で学ぶ　(4)二十歳にしかならない　(5)決
めさせてしまう　(6)意味がない　(7)有害なんじゃないか　(8)じっくり考えて選ぶ　(9)ただ　(10)就職
活動

《問題スクリプト》

先生が提案をしたのはどんな理由からですか。

1　大学の4年間にじっくり勉強ができるからです。

2　二十歳で将来を決めるのはよくないからです。

3　就職活動の問題があるからです。

4　二十歳ではまだ専門を決める力がないからです。

ステップ**6**《どう・どんな》

1番 🔘 **Track** 　37 　　解答 ☐

《**タスク**》(　　)の中に言葉を入れなさい。

女：あ～あ、英語の単語って(　　　　　　　　　　　　) な。どうやったら早く覚えられるんだろう。
　　　　　　　　　　　　　　　　　　1

男：毎日やってるわけ？

女：ううん。毎日じゃなくて、(　　　　　　　　　) 集中して覚えようとしているんだけど……。
　　　　　　　　　　　　　　　2

男：それじゃダメだ。短い時間でいいから、(　　　　　) ほうが(　　　　　) だよ。
　　　　　　　　　　　　　　　　　　　3　　　　　　　4

女：じゃ、決めた数だけ(　　　　) 新しい単語を覚えるようにするのね。
　　　　　　　　　　　5

男：いや、それより(　　　　　　) ほうが効果的だよ。1週間に(　　　　　　　　) の
　　　　　　　　　6　　　　　　　　　　　　　　　　　　7
　　単語を覚えて、(　　　　　　　　) っていうふうにね。
　　　　　　　　　8

女：わかった。やってみる。でも 50 はちょっと無理そう……。

《**解答のポイント**》

【キーセンテンス】単語の覚え方を示す文

　①1週間単位でやる

　②たとえば 50 なら 50 の単語＝たとえば 50 と決めたら 50 の単語（50 でなくてもよい）

《**正解**》　　4

《**タスクの答え**》

　(1)なかなか覚えられない　(2)時間があるときに　(3)必ずやる　(4)効果的　(5)毎日必ず　(6)1週間単
　位でやる　(7)たとえば 50 なら 50　(8)次の週はまた 50 覚える

《**問題スクリプト**》

　　女の人は、これからどうやって単語を覚えますか。

1　　暇なときに、1週間集中して覚えます。

2　　毎日新しい単語を 50 ずつ覚えます。

3　　新しい単語を1週間で 50 覚えます。

4　　1週間に決まった数の単語を覚えます。

2番 〇 Track 38 解答 □

《タスク》(　　　) の中に言葉を入れなさい。

男：いやあ、まいったなあ。(　　①　　) こんな (　　②　　) のははじめてだ。

女：まったく、(　③　) でしょうね。あの人、さんざん黒田さんの (　　④　　)、どうしてあんなことを。

男：金まで (　⑤　) んだから……。

女：たまりませんねえ。(　⑥　) 黒田さんも (　⑦　) ねえ。

男：うん。(　⑧　)、がまんするにも (　⑨　) よ。

女：わたしなら、もう (　　⑩　　) ね。

《解答のポイント》

【キーセンテンス】いつもはどんな人かを示す文

①さすがの黒田さん（＝男の人）も今度ばかりは＝いつもは怒らない黒田さんが怒るほど、今度のことはひどい

②いくらぼくだって、がまんするにも限度がある＝いくらがまん強いぼくでも、こんなにひどい場合はがまんができない

【語句・表現】

①さすがのＡもＢ＝いつものＡと違ってＢだ

②Ａするにも限度がある＝もうこれ以上はＡできない

《正解》　　1

《タスクの答え》

(1)人の面倒をみて　(2)ひどい目にあった　(3)腹が立つ　(4)お世話になっていながら　(5)持っていかれた　(6)さすがの　(7)今度ばかりは　(8)いくらぼくだって　(9)限度がある　(10)とっくに怒ってますけど

《問題スクリプト》

男の人は、いつもはどんな人ですか。

1　がまん強い人です。

2　怒りっぽい人です。

3　お金がたまらない人です。

4　ひどい人です。

3番 🔘 **Track** 39 解答 ☐

《タスク》（　　）の中に言葉を入れなさい。

女：課長、双子の赤ちゃんがお生まれになったんですって？　やっぱり似てますか。

男：うん。（　　　　　　　　　　　　　　　）はもちろんよく似てるし、それにね、目を開けたり閉じたり、
　　（　　　　　　　　）や（　　　　　　　　　　　　）なんだ。
　　　　2　　　　　　　　　3

女：へえ、（　　　　　　　）ねえ。
　　　　　　4

男：うん。それに、不思議なことはねえ……。

女：はあ。

男：寝てるときに、（　　　　　　　　　　）だろう？
　　　　　　　　　　　5

女：ええ、右を向いたり、左を向いたり……。

男：そう、（　　　　　　　　　　　　　　　）んだ。
　　　　　6

女：へえ。で、やっぱり（　　　　　　　　）んですか。
　　　　　　　　　　　　　7

男：そうなんだよ。ちょうど（　　　　　　　　　）だね。
　　　　　　　　　　　　　　8

《解答のポイント》

【キーセンテンス】男の人が不思議だと言っていることを示す文

①その方向が左右逆になってるんだ。＝寝返りの方向が左と右でちょうど逆になっている。

②ちょうど鏡に映る感じだね。＝双子が寝返りをする様子は、左右が逆で、鏡に映るのと同じよう
　　だ。

【語句・表現】

①タイミング＝動作をする時、時点

②鏡に映る＝鏡の中に見える

《正解》　　1

《タスクの答え》

　(1)顔とか体つき　(2)瞬きの回数　(3)タイミングまで一緒　(4)驚きます　(5)寝返りをうつ　(6)その方
　向が左右逆になってる　(7)同時にする　(8)鏡に映る感じ

《問題スクリプト》

　　男の人が不思議だと言っていることは何ですか。

1　　寝ているとき、鏡で写したように動くことです。

2　　寝たり起きたりする時間が同じことです。

3　　同じときに同じように寝返りをうつことです。

4　　瞬きをするタイミングが同じだということです。

4番 🔘 Track 40 解答 ☐

《タスク》（　　　）の中に言葉を入れなさい。

女：最近、（　　①　　）のガソリンスタンドができているそうですね。

男：そうらしいですね。何でも（　　②　　）で買える時代ですから。

女：ガソリンというものの性質上、機械だけ置いて（　　③　　）というわけにはいきませんが、
　　なにしろ（　④　　）から。（　　⑤　　）ためには（　　⑥　　）ことなんで
　　しょうね。

男：しかし、（　　　⑦　　　）んじゃないですか。第一、自分でガソリンを入れ
　　るなんて、（　⑧　）、いやだなあ。

女：そういう方は、少し高くても、従業員のサービスが受けられる（　　⑨　　）のスタンドに行
　　けばいいんですよ。

《解答のポイント》

【キーセンテンス】新しいスタンドを示す文

①機械だけ置いて人はゼロというわけにはいきません＝従業員をゼロにはできない、減らすだけ

②コストを下げるためには従業員を減らす＝従業員が少なくなると、値段が安くなる

③そういう方は、少し高くても、従業員のサービスが受けられる従来のタイプのスタンドに行けば
　いい＝新しいスタンドは従業員のサービスが受けられない

【語句・表現】

①コストを下げる＝値段を安くする

《正解》　　2

《タスクの答え》

(1)セルフサービス　(2)自動販売機　(3)人はゼロ　(4)人件費が高い　(5)コストを下げる　(6)従業員を
減らす　(7)安ければいいというものでもない　(8)面倒で　(9)従来のタイプ

《問題スクリプト》

新しいスタンドはどんなスタンドですか。

1　値段が安くてサービスもいいです。

2　従業員を減らすことで値段が安くなっています。

3　値段は高いけれどサービスがいいです。

4　従業員がいないので、コストが下がっています。

5番 **Track** 41　解答 □

《**タスク**》（　　　）の中に言葉を入れなさい。

女：は〜い。

男：あのう、となりの高木です。

女：あ、こんにちは。

男：（　　　　　　）、この荷物を（　　　　　　　）んですが。
　　　　　1　　　　　　　　　　　　　　2

女：あら、どうもすみません。

男：いいえ、それじゃあ。

女：あ、あのう、（　　　　　　　）、ちょっと（　　　　　　　　）。主人もおりますし、た
　　　　　　　　　3　　　　　　　　　　　　　4
　まには（　　　　　　　　　　　）。
　　　　　5

男：ああ、ありがとうございます。あの、今、うちに（　　　　　　　　　）ので……。
　　　　　　　　　　　　　　　　　　　　　　　　　　6

──

《**解答のポイント**》

【**キーセンテンス**】男の人がこれからすることを示す文

　①よろしかったら、ちょっとお入りになりませんか。＝よかったら、どうぞ家の中に入ってくださ
　　い。

　②今、うちに友だちを待たせていますので……。＝今、うちで友だちがわたしを待っていますので、
　　帰らなければなりません。

《**正解**》　　1

《**タスクの答え**》

　(1)お留守中に　(2)おあずかりした　(3)よろしかったら　(4)お入りになりませんか　(5)お茶でも、い
　かがですか　(6)友だちを待たせています

《**問題スクリプト**》

　男の人はこのあとどうしますか。

1　友だちがいる自分の家にもどります。

2　うちで友だちを待ちます。

3　女の人のうちに入ります。

4　3人でお茶を飲みます。

ステップ7 《スピーチ》

1番 💿 Track 42 　解答 ☐

《タスク》（　　）の中に言葉を入れなさい。

そもそも、2人の出会いは、と申しますと、緑さんが（　　　　　　　　　　）のことです。あ
る日、（　　　　　　　）花を持った英一君が入ってきたそうです。いかにも（　　　　　　）彼
        2
らしい失敗、いや、この場合は（　　　　　　　）でしょう。実は、英一君の（　　　　　　
        4　　　　　　　　　　　　　　　　　　　　　　　　　　　　　5
　）わけなんですが……。（　　　　　　　）、英一君は毎日（　　　　　　　）そうです。
6　　　　　　　　　　　　　　　　　　　　　　　　　　　　7

《解答のポイント》

【キーセンテンス】2人がはじめて会ったときのことを示す文

①緑さんが病気で入院していたときのことです。＝緑さんが病気で入院していたときに会った。

②いかにもそそっかしい彼らしい失敗＝ほんとうにあわて者の彼らしい失敗

③いや、この場合は大成功だったと言うべきでしょう。＝結果は失敗ではなくて、大きな成功だった。

④実は、英一君の友人の部屋は隣の部屋だったわけなんですが……。

　→英一君の友人が緑さんの隣の部屋に入院していたから、英一君はお見舞いに来た。

　→英一君は緑さんの部屋と友人の部屋を間違えた。

【語句・表現】

①いかにもAらしい＝ほんとうにAに合う

②そそっかしい＝あわてて失敗をする性格

③それからというもの、A＝それからは、ずっとA

《正解》　　3

《タスクの答え》

(1)病気で入院していたとき　(2)彼女の病室に　(3)そそっかしい　(4)大成功だったと言うべき　(5)友

人の部屋は隣の部屋だった　(6)それからというもの　(7)緑さんのお見舞いに来た

《問題スクリプト》

　2人が知り合ったきっかけは、何ですか。

1　友人の部屋でお見合いをしたことです。

2　英一君が緑さんに花をあげたことです。

3　英一君が部屋を間違えたことです。

4　英一君が緑さんのお見舞いに来たことです。

2番 🔘 Track 43 　解答 ☐

《タスク》（　　　）の中に言葉を入れなさい。

　最近、若い女性を中心に低カロリーチョコレート、つまり（　　　　　　　　　　　）の需要が
高まっています。そこで、当社でも来月、低カロリーチョコレートの（　　　　　　　　　　）。
このチョコレートは、従来のものと比べてカロリーが（　　　　　　　　　　）。当社では低カ
ロリーチョコレートは、これがはじめてではありません。去年出したものは、（　　　　　　）、
ミルクに含まれる糖分まで取り除いて、（　　　　　）カロリーを減らしました。今回の製品は、
ミルクの中の糖分は（　　　　　　　）ので、まろやかな味が（　　　　　　　　）。いく
らカロリーが低くても（　　　　　　　）、という女性たちに（　　　　　）と期待して
います。

《解答のポイント》

【キーセンテンス】新しいチョコレートの味を示す文

　①まろやかな味が損なわれていません。＝まろやかな味が失われていない。ちゃんとある。

　②おいしくないんじゃあ、＝おいしくないのでは（よくない）→おいしい味にする

【語句・表現】

　①まろやかな味＝やわらかくておいしい味

《正解》　　3

《タスクの答え》

(1)カロリーの低いチョコレート　(2)新製品を発売します　(3)約２割も低くなっています　(4)砂糖を
いっさい使わず　(5)徹底的に　(6)そのまま残してある　(7)損なわれていません　(8)おいしくないん
じゃあ　(9)喜んでもらえる

《問題スクリプト》

　新製品はどんなチョコレートですか。

1　砂糖をまったく使わずに低カロリーにした。

2　ミルクの糖分を取り除いて低カロリーにした。

3　低カロリーだが、まろやかな味がする。

4　カロリーが低いけれど、おいしくない。

3 番 🔘 **Track** 44 解答 □

《**タスク**》（　　　）の中に言葉を入れなさい。

　最近は（₁　　　　　）、つまり子供の数が減る傾向が見られます。（₂　　　　　　）ということは当然（₃　　　　　　　）ということですが、調査の結果を見る限りでは、（₄　　　　　）の割合にはあまり変化が見られません。しかし、最近では兄弟がいても、それぞれが自分の部屋に（₅　　　　　）、ゲームで遊んだりしていますね。子供というものは、（₆　　　　　）ながら（₇　　　　　）いくものです。ところが、今は（₈　　　　　）一人っ子のような、そんな子供が増えています。これは（₉　　　　　）の社会にとって（₁₀　　　　　）となる大きな問題だと思いますね。

《**解答のポイント**》

【キーセンテンス】心配の内容を表す文

①しかし、最近では兄弟がいても、それぞれが自分の部屋に閉じこもって、ゲームで遊んだりしていますね。＝一緒に遊ばないで1人で遊ぶ。→社会性に欠ける。

②これは近い将来の社会にとってマイナスとなる大きな問題だと思いますね。

　→兄弟がいても一人っ子のような、そんな子供が増えていることはよくない。

【語句・表現】

①AということはBということ＝AとBは同じだ

②Aを見る限りB＝AからわかることはB

《**正解**》　　3

《**タスクの答え**》

(1)少子化　(2)子供の数が減る　(3)兄弟の数が減る　(4)一人っ子　(5)閉じこもって　(6)一緒に遊び

(7)社会性を養って　(8)兄弟がいても　(9)近い将来　(10)マイナス

《**問題スクリプト**》

　この人が特に心配するのは、どんなことですか。

1　子供が部屋の中で遊び、外へ出ないことです。

2　子供の数が減っていることです。

3　社会性に欠ける人が増えることです。

4　一人っ子が増えることです。

4番 🔘 Track 45 　解答 ☐

《**タスク**》（　　）の中に言葉を入れなさい。

　近年、（　　1　　）の（　　2　　）が目立っている。特に自動車は（　　3　　）海外進出を進め、（　　4　　）を伸ばすことができた。しかし、これは（　　5　　）を引き起こしただけでなく、さらに（　　6　　）も生んでいる。現地の人を雇い、（　　7　　）をすることは、日本国内の工場が縮小され、雇用が減り、（　　8　　）ことを意味する。このことは、工場の生産ラインの機械化とあいまって、（　　9　　）をますます（　　10　　）にする要因となっている。

《**解答のポイント**》

【キーセンテンス】問題点を示す文

①現地の人を雇い、現地で生産をすることは、日本国内の工場が縮小され、雇用が減り、失業者が増加することを意味する。＝現地の人を雇って現地で生産をすると、その結果、日本国内の失業者が増える。

②このことは、工場の生産ラインの機械化とあいまって、日本の雇用をますます不安定なものにする要因となっている。＝工場の仕事が機械化されることに加えて、現地での生産が行われると、ますます失業者が増える。

【語句・表記】

①AはBを意味する＝ A＝B，A→B（B：結果）

②AはB（の）要因となる＝ B（結果）の原因がAだ

《**正解**》　　3

《**タスクの答え**》

(1)日本企業　(2)海外進出　(3)いち早く　(4)売り上げ　(5)貿易摩擦　(6)深刻な問題　(7)現地で生産

(8)失業者が増加する　(9)日本の雇用　(10)不安定なもの

《**問題スクリプト**》

いちばん大きい問題は何だと言っていますか。

1　日本企業の海外進出で貿易摩擦が起きることです。

2　生産ラインの機械化で失業者が増えることです。

3　日本企業の海外進出で国内の失業者が増えることです。

4　現地の人の雇用問題が深刻になることです。

5番 🔘 Track 46　解答 ☐

《タスク》（　　）の中に言葉を入れなさい。

　英語が上手になる。これはわたしの（　　　　₁　　　　）なんですが、なかなか（　　　　₂　　　　）ね。3年ほど前にアメリカで英語の学校に通ったことがあるんです。はじめに（　　　　₃　　　　）ための（　　₄　　）があって、わたしは（　　　　₅　　　　）んですが、そのおかげで授業のはじめの日から（　　　₆　　　）をしてしまいました。クラスの人たちが（　　　₇　　）のに、わたしは（　　　₈　　　）……。先生は（　　　₉　　　）をして、わたしの（　　　₁₀　　　）を確かめているんですよ。

《解答のポイント》

【キーセンテンス】筆記試験のあとのことを示す文

①クラスの人たちが自由に会話をしているのに、わたしはその中に入れなくて＝わたしは会話が十分にできなかった

②読みや文法には自信があった

　クラスの人たちが自由に会話をしている

　→上のレベルのクラスに入った

③先生は不思議そうな顔をして、わたしの筆記試験の点数を確かめている＝筆記試験の点数が高いのに会話ができないから変だ、と先生は思った

《正解》　1

《タスクの答え》

(1)長年の夢　(2)進歩しなくて　(3)レベルをチェックする　(4)筆記試験　(5)読みや文法には自信があった　(6)みじめな思い　(7)自由に会話をしている　(8)その中に入れなくて　(9)不思議そうな顔　(10)筆記試験の点数

《問題スクリプト》

　筆記試験のあと、どうなりましたか。

1　会話ができないのに、上のクラスに入りました。

2　試験の点数が低くて、みじめな思いをしました。

3　会話のクラスに入れませんでした。

4　筆記試験の点数がわからなくなり、確かめました。

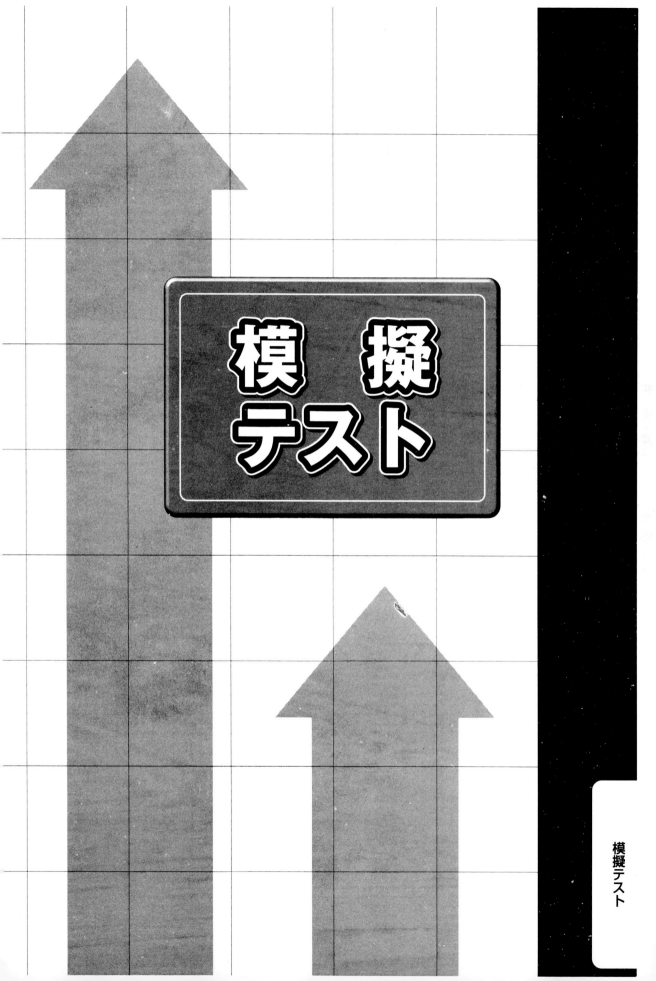

模擬テスト

問題 I

1番  Track 47　　解答 ☐

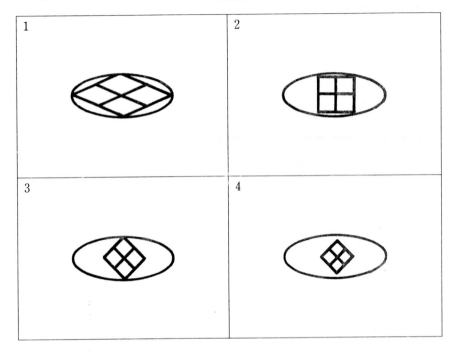

2番  Track 48　　解答 ☐

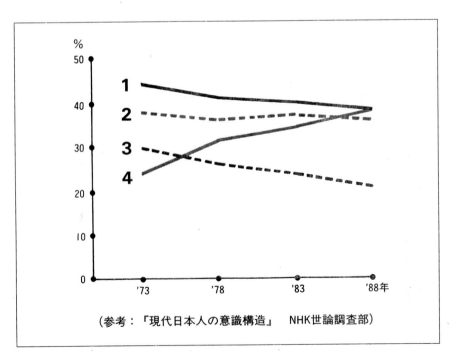

（参考：『現代日本人の意識構造』　NHK世論調査部）

3 番 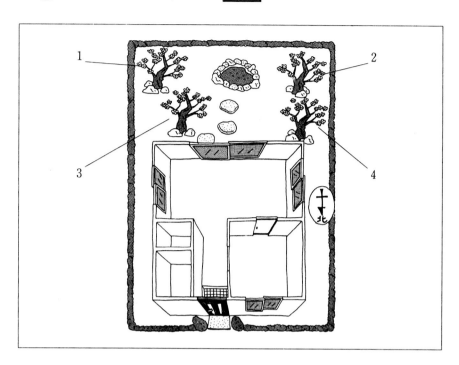 Track 49 　解答 ☐

4 番 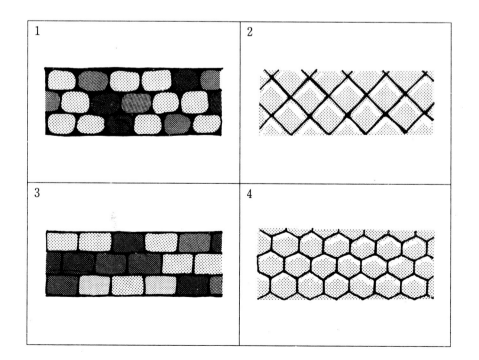 Track 50 　解答 ☐

5番 ⊙ Track 51　解答 □

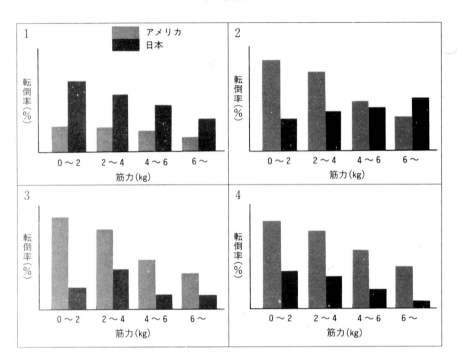

問題II （絵のない問題）

1番 ⊙ Track 52　解答 □

2番 ⊙ Track 53　解答 □
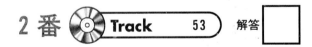

3番 ⊙ Track 54　解答 □

4番 ⊙ Track 55　解答 □

5番 ⊙ Track 56　解答 □

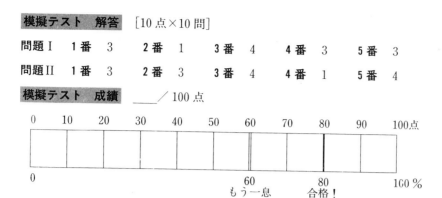

模擬テスト 解答　[10点×10問]

問題 I　**1番** 3　　**2番** 1　　**3番** 4　　**4番** 3　　**5番** 3

問題 II　**1番** 3　　**2番** 3　　**3番** 4　　**4番** 1　　**5番** 4

模擬テスト 成績　＿＿＿／100点

模擬テスト 解説

問題 I

1番《解答のポイント》

【キーポイント】

①中が正方形　②正方形がななめになっている　③上下の角だけが楕円に接する

【キーセンテンス】いいと思うデザインを示す文

①ずっといいじゃない。＝中の正方形をななめにしたもののほうが、ななめになっていないものよりいい。

②正方形がつぶれて菱形（ひしがた）になっちゃうよ。＝菱形になったのはよくない。

③楕円に接する角を上下だけにして＝ななめになった正方形の上と下の角は外枠の楕円に接しているが、右と
　　左の角は外枠の楕円に接していない。

【語句・表現】

・正方形　□　　　　　・長方形　▭　　　　　・三角形　△

・ななめ　╱　　　　　・水平　━　　　　　・垂直　┃

・外枠　＝外側を囲む線

・楕円　⬭　　　　　・円　○

・接する　⬭⬭　　　　・交わる　◎　　　　　・離れている　○○

1番《スクリプト》

女の人が今、かいたマークはどれですか。

女：これ、田中さんの会社の新しいマーク？

男：うん、デザイナーがいくつかかいてくれたんだ。「田中」の「田」と海を進む船を表しているんだけど。

女：ふうん。意味はロマンチックなのに、デザインがなんかちょっと……。

男：中の正方形をななめにしたのもあるよ。これだ。

女：ずっといいじゃない。あ、外枠を楕円にしたら？

男：こう？　正方形がつぶれて菱形になっちゃうよ。

女：正方形にしたいんなら、楕円に接する角を上下だけにして、左右は離してもいいんじゃないかな。たとえば
　　ね……。ほら、こんなふうに。

男：どれどれ……。あ、なるほど。なかなかいいねえ。

75

2番《解答のポイント》

【キーポイント】

①「育児優先派」も減少しました→答えは1か2か3

②「育児優先派」と「両立派」がほとんど同じ率で並びました→答えは1

2番《スクリプト》

「育児優先派」のグラフはどれですか。

　仕事や家庭に関して女性の意識はどのように変化してきたでしょうか。このグラフを見ますと、まず、結婚して子供が生まれても、できるだけ仕事を続けて家庭と仕事を両立させたいと考える「両立派」が、この15年間に大幅に増えたことがわかります。一方、女は家庭を守るほうがいいと考える「家庭優先派」は減少し、また、子供ができたら仕事をやめたほうがいいと考える「育児優先派」も減少しました。その結果、「育児優先派」と「両立派」がほとんど同じ率で並びましたが「家庭優先派」はずっと少なくなり、今や完全に少数派となっています。

3番《解答のポイント》

【キーセンテンス】適当な場所を示す文

①花の香りが窓から入ってくるといい＝窓のそばがいい（左か右）

②左のほうも空いてるけど、朝日が入らなくなりそうだ＝右がいい

3番《スクリプト》

梅の木はどこに植えますか。

女：梅の木、どこに植える？

男：そうだな。窓に近いところなら、花がよく見えていいんじゃないか。

女：でも、けっこう大きいから、陰になって、日が入らなくなっちゃうわよ、きっと。庭の奥の隅のほうがいいかなあ。

男：でも、花の香りが窓から入ってくるといいよね。南側の窓の右のほうにもスペースがあるよ。

女：ああ、そうね。左のほうも空いてるけど、朝日が入らなくなりそうだしね。

4番《解答のポイント》

【キーポイント】

①横長の石を並べる　②石の角が丸くない

【キーセンテンス】「布積み」を示す文

①これは、ななめの線がすっきりとモダンな感じですね。＝ななめの線が見える（図2）

②六角形の石が上下左右に組み合わされていて、亀の背中のように見えます。＝六角形の石が並んでいて、亀の背中に似ている（図4）

③「玉石積み」のほうは、石の角が少しまるくて楕円形（図1）＝「布積み」の石は角がまるくない（図3）

4番《スクリプト》

女の人が石垣の種類について話しています。「布積み」はどれですか。「布積み」です。

　石を積み上げて作る石垣は川の堤防などに見られますが、石の積み方によって、いろいろな種類があるんです。図をご覧ください。まず、「谷積み」ですが、これは、ななめの線がすっきりとモダンな感じですね。それから、「亀甲積み」というのは、六角形の石が上下左右に組み合わされていて、亀の背中のように見えます。「玉石積み」と「布積み」は、どちらも横長の石を並べるんですが、「玉石積み」のほうは、石の角が少しまるくて楕円形をしています。

5番《解答のポイント》

【キーポイント】

①日本はアメリカよりずっと少ない（図3、図4）

②日本人では、転倒率と筋力との間に関連性はない（図3）

5番《スクリプト》

男の人が説明しているグラフは、どれですか。

　年を取ると骨がもろくなると言いますね。確かに、お年寄りが転んで骨を折り、そのまま寝たきりになるということがよくあります。しかし、日本のお年寄りは畳で生活しているので、立ったり座ったりすることが多いですね。そのおかげで、欧米のお年寄りに比べると骨折が少ないようです。ここに日米の調査の結果があるんですが、老人の転倒率、つまり転ぶ割合は、日本はアメリカよりずっと少ないですね。また、アメリカでは足の筋力が弱い人ほど転倒率が高いんですが、日本人では、転倒率と筋力との間に関連性は見られません。

問題II

1番《解答のポイント》

【キーセンテンス】支払う金額を示す文

①この赤いバラ、きれいね。300円だって。

　　→「赤いバラ」1本＝300円

②こっちの白い花を入れるときれいだけど、1本入れるだけで1,500円になっちゃうね。

　　→「白い花」1本＝500円

③じゃあ、赤いバラ8本に、白い花を2本入れましょうよ。

　　→「赤いバラ(300円)」8本＋「白い花(500円)」2本＝2,400円(300円×8本)＋1,000円(500円×2本)＝

　　　3,400円

④少し高くなるけど、2人で半分こすれば……。

　　→3,400円÷2＝1,700円

【語句・表現】

①それだけじゃさびしい＝それだけでは不十分だから、ほかの花も入れる

②A円になっちゃう＝A円は高い

1番《スクリプト》

1人、いくら払いますか。

女：この赤いバラ、きれいね。300 円だって。

男：高いね。こっちのピンクのは 3 本で 500 円だよ。

女：6 本で 1,000 円？　安いけど、花が少し小さいから、それだけじゃさびしいわね。

男：こっちの白い花を入れるときれいだけど、1 本入れるだけで 1,500 円になっちゃうね。

女：だったら、あそこの花束のほうがよくない？。

男：ああ。2,000 円も出すとちょっとよくなるね。

女：あれにしよっか。いいんじゃない？

男：あ、でも、あれ、赤いけどバラじゃないよ。よし子ちゃん、バラが好きだって言ってただろ。

女：うん。バラが入っているのは……、あっ、3,000 円よ。

男：3,000 円か。それだったら、バラだけだって 10 本買えるね。

女：そうねえ。じゃあ、赤いバラ 8 本に、白い花を 2 本入れましょうよ。少し高くなるけど、2 人で半分こすれ
　　ば……。

　　　　　1　1,300 円です。

　　　　　2　1,500 円です。

　　　　　3　1,700 円です。

　　　　　4　1,900 円です。

2番《解答のポイント》

【キーセンテンス】理由を示す文

①これに注目しないわけにはいきません。＝これ（鳥が人との接触をあまり恐れなくなったこと）に注目しなけ
　ればなりません。

②カラスの襲撃を避けるためでしょうか、建物の壁、それも人間の生活空間に近いほうの壁に、わざわざ巣を
　こしらえている＝鳥にとって人間はカラスほどこわくない

【語句・表現】

①何といっても＝いちばん大きなことは

2番《スクリプト》

鳥の行動の変化の、いちばん大きい理由は何ですか。

　最近、東京のような大都会で、鳥の行動が大きく変化しているようです。変化の理由としては、並木や公園な
ど、鳥が巣を作る場所が増えていることもあるんですが、何といっても、鳥が人との接触をあまり恐れなくなっ
たこと、これに注目しないわけにはいきません。鳥は、ほかの動物が利用しにくい場所を自分の生活の場として
選びますが、事実、カラスの襲撃を避けるためでしょうか、建物の壁、それも人間の生活空間に近いほうの壁に、
わざわざ巣をこしらえている例もあるんですよ。

　　　　　1　並木や公園が増えたことです。

        2　　巣を作る場所が増えたことです。

        3　　鳥が人を恐れなくなったことです。

        4　　カラスの襲撃を避けるためです。

3番《解答のポイント》

【キーセンテンス】貯金のし方を示す文

　①買ったつもりで貯金。＝買ったと思うだけ。実際は買わないで貯金をする。

　②旅行に行ったつもりで……＝旅行に行ったと思うだけ。実際は旅行に行かないで貯金をする。

【語句・表現】

　　この会話の「～つもりだ」は、「実際とは違うことを思い込んでいる」という意味で使われている。

　　　例：祖父は80になるが、自分ではまだまだ若いつもりだ。

　　　　　先生の説明を聞いてわかったつもりだったが、試験で間違えてしまった。

3番《スクリプト》

**　女の人はどうやって貯金をしていますか。**

男：将来のために少し貯金をしなければ、って思うんだけど、お金ってたまらないものだね。

女：お金が残ったら貯金をしよう、なんて思っていたら、絶対にたまらないわね。わたしはね、「つもり貯金」を
　　しているの。

男：「つもり貯金」って？

女：すてきな洋服を見て「ほしいな」って思っても、買ったつもりで貯金。「休みに旅行に行きたいな」と思って
　　も、旅行に行ったつもりで……というわけ。

男：へえ。

        1　　お金が残ったら貯金をします。

        2　　買い物をしたときに貯金をします。

        3　　旅行に行ったときに貯金をします。

        4　　買い物や旅行をする代わりに貯金をします。

4番《解答のポイント》

【キーセンテンス】どんな友だちかを示す文

　①うん、しゃべらなきゃね。＝しゃべらなければ、感じのいい人だ。＝言葉づかいが悪い。

　②ひざを立てて座るんだから。＝とても行儀が悪い。

4番《スクリプト》

**　男の人が女の人に友だちの写真を見せています。この友だちはどんな人ですか。**

女：なかなか女らしくて感じのいい人じゃない。

男：うん、しゃべらなきゃね。

女：どういうこと？

男：こんなに女らしくない人っていないよ。特に、口のききかたなんて、もう……。

女：最近は男言葉も女言葉もおんなじなんですものね。

男：それにさあ、座るときだって、ひざを立てて座るんだから。

女：ええ？　外国人ならわからないこともないけど、この人、日本人よね。

男：もちろん。お世辞にも女らしいなんて言えないよ。

    1　言葉づかいや行儀が悪い人です。

    2　話し方や座り方が外国人のような人です。

    3　女のような話し方をする男の人です。

    4　行儀は悪いが、男らしくて感じのいい人です。

5番《解答のポイント》

【キーセンテンス】女の人の考えを示す文

①でも、だいじょうぶ。＝手伝ってくれなくてもいい。

②どっちも何とかするから。＝どちら（報告書と企画書）もがんばって自分で作るから。

【語句・表現】

①何とかする＝難しいけれど、がんばる

5番《スクリプト》

女の人はこれからどうしますか。

男：あれ、どうした？　あの書類。

女：書類？

男：先週、部長から頼まれてた報告書と企画書。

女：あっ、いけない。

男：3時の会議までに作っておくっていうことだったね。

女：うーん。あと、1時間か……。

男：ちょっと無理みたいだから、とりあえず報告書だけでも……。ぼくも手伝おう。

女：ありがとう。うん。でも、だいじょうぶ。どっちも何とかするから。

    1　1時までに報告書と企画書を作ります。

    2　男の人に手伝ってもらって何とかします。

    3　会議までに報告書だけ作ります。

    4　3時までに報告書と企画書を作ります。

著者略歴

星野恵子（ほしの　けいこ）

東京芸術大学音楽学部卒業（専攻：音楽学）。名古屋大学総合言語センター講師などを経て、現在、ヒューマン・アカデミー日本語学校主任講師、エコールプランタン日本語教師養成講座講師。共著書に、『実力アップ！日本語能力試験』シリーズ、『にほんご90日』（いずれもユニコム）がある。

辻 和子（つじ　かずこ）

京都大学大学院農学研究科修士修了。弥勒の里国際文化学院日本語学校専任講師、富士国際学院日本学校講師を経て、現在、ヒューマン・アカデミー日本語学校東京校専任講師。共著書に『にほんご90日』（ユニコム）がある。

村澤慶昭（むらさわ　よしあき）

筑波大学第二学群日本語・日本文化学類卒業、東京大学大学院医学系研究科修了。横浜国立大学、東京音楽大学、國學院大學、東京国際大学付属日本語学校講師。共著書に、『にほんご90日』（ユニコム）『日本語パワーアップ総合問題集』（ジャパンタイムズ）などがある。

鴻儒堂出版社 日本語能力試驗系列

1 級受驗問題集
日本語能力試驗 2 級受驗問題集
3 級受驗問題集

松本隆・市川綾子・衣川隆生・石崎晶子・瀨戶口彩　編著

　　本系列書籍的主旨，是讓讀者深入了解每個單元所有的問題，並對照正確答案，找錯誤癥結的所在，最後終能得到正確、完整的知識。每冊最後均附有模擬試題，讀者可將它當成一場真正的考試，試著在考試的時間內作答，藉此了解自己的實力。

每冊書本定價：各 180 元
每套定價（含錄音帶）：各 420 元

1 級 日語能力測驗對策 2 回模擬考
石崎晶子/古市由美子/京江ミサ子　編著

2 級 日語能力測驗對策 2 回模擬考
瀨戶口彩/山本京子/淺倉美波/歌原祥子 編著

　　以 2 回模擬考來使日語實力增強，並使你熟悉正式日語能力測驗時的考試題型，熟能生巧。並有 CD 讓你做聽力練習，兩者合用，更可測出自己的實力，以便在自己的弱點上多作加強。

書本定價：各 180 元
每套定價（含 CD2 枚）：各 580 元

これで合格日本語能力試驗 1 級模擬テスト
これで合格日本語能力試驗 2 級模擬テスト
衣川隆生・石崎晶子・瀨戶口彩・松本隆　編著

　　本書對於日本語能理測驗的出題方向分析透徹，同時提供了答題訣竅，是參加測驗前不可或缺的模擬測驗！

書本定價：各 180 元
每套定價（含錄音帶）：各 480 元

日本語能力試験 1級に出る重要單語集

松本隆・市川綾子・衣川隆生・石崎晶子・野川浩美・松岡浩彦
山本美波　編著

◆本書特色

＊　有效地幫助記憶日本語 1 級能力試驗常出現的單字與其活用法。
＊　左右頁內容一體設計，可同時配合參照閱讀，加強學習效果。
＊　小型 32 開版面設計，攜帶方便，可隨時隨地閱讀。
＊　可作考前重點式的加強復習，亦可作整體全面性的復習。
＊　例文豐富、解說完整，測驗題形式與實際試驗完全一致。
＊　索引附重點標示，具有字典般的參考價值。

書本定價：200 元
一套定價（含錄音帶）：650 元

日本語能力試験漢字ハンドブック

アルク日本語出版社編輯部　編著

　　漢字是一字皆具有意義的「表意文字」就算一個漢字
有很多的唸法，但只要知道漢字意思及連帶關係就可以掌
握漢字，所以只要認得一個漢字，就可以記住幾個有關聯
的單字。本辭典為消除對漢字的恐懼，可以快速查到日常
生活中用到的漢字意思及使用方法而作成的。而且全面收
錄日本語能力試驗 1~4 級重要單字。

定價：220 元

アルク授權

鴻儒堂出版社發行

日本語文法入門

吉川武時　　著

楊德輝　　譯

定價：250 元

日本語教師必攜！

您想建立日語文法良好的基礎嗎？本書針對日文學習者的

需要，不僅內容使用了大量的圖表，而且說明簡潔、講解淺顯易

懂，尤其值得一提的是，本書突破一般文法書的規格，將日語文

法和其它國家語言的文法對照，以其建立學習者的良好基本概

念，所以實在可說是一本教學、自修兩相宜的實用參考書！

日本アルク授權　　　鴻儒堂出版社發行

理解日語文法

（原書名為：よくわかる文法）

藤原雅憲　編著

定價：250 元

　　一般人對文法的印象不外乎有很多的整理的表格，及令人頭痛的複雜形式，本書希望大家不要對學習日語文法這件事產生恐懼或排斥，重新把自己當成一個初學者來學習。

　　第一章~第八章是講解文法，第九章是文法指導，第十章是文字・表記。要如何構成一篇文章是本書的重點，特別希望初級學習者能有此概念，並將基本的基礎打穩。現在市面上雖然有各式各樣、許許多多有關文法的書籍，但本書希望能真正帶給學習者的是紮實且穩固的良好基礎！是本值得購買的書籍。

日本アルク授權　鴻儒堂出版社發行

日本語教師と
日本語を教えたい人
必読！

日本語を教えたい人のための実用情報誌
月刊 日本語

『月刊日本語』は、日本語教師と教師志望者の方々をバックアップする、日本で唯一の月刊情報誌です。最新の日本語教育情報を中心に、日本語教授法、教育現場の声、海外での教育事情、検定試験関連記事など、お役立ち情報を満載した内容です。

発行：⊃アルク

好評の連載内容

- ●世紀末ニュース語録
- ●よくわかる日本語の教え方
- ●映画に描かれた日本人
- ●ボランティアの訳語
- ●授業のあとの講師室
- ●外国人支援の現場から
- ●田中社長のここだけの話　ほか

國家圖書館出版品預行編目資料

日本語測驗 STEP UP 進階問題集＝Self-garded
Japanese language test progressive
exercises listening comprehension
advanced level.上級聽解 /星野惠子，辻和子，
村澤慶昭著. -- 初版. -- 臺北市：
鴻儒堂，民 90
　　面；公分

ISBN　957-8357-34-6 (平裝)

1.日本語言─問題集

803.189　　　　　　　　　　90007368

自我評量法

日本語測驗　STEP UP

進階問題集　上級聽解

Self-graded Japanese Language Test Progressive Exercises
Listening Comprehension Advanced Level

定價(含 CD) ：300 元

2001 年(民 90 年)6 月初版一刷
本出版社經行政院新聞局核准登記
登記證字號:局版臺業字 1292 號

著　　　者：星野惠子・辻 和子・村澤慶昭
發　行　人：黃成業
發　行　所：鴻儒堂出版社
地　　　址：台北市中正區開封街一段 19 號 2 樓
電　　　話：23113810・23113823
電話傳真機：23612334
郵 政 劃 撥：01553001
E — mail：hjt903@ms25.hinet.net

凡有缺頁、倒裝者，請向本社調換
本書經日本アルク授權出版